W0096544

kathrin röggla
die alarmbereiten

s. fischer

Dieses Buch wurde durch ein Projektstipendium
des österreichischen Bundesministeriums
für Unterricht, Kunst und Kultur gefördert.

Zeichnungen: Oliver Grajewski

© S. Fischer Verlag GmbH, Frankfurt am Main 2010
Satz: Fotosatz Amann, Aichstetten
Druck und Bindung: C.H. Beck, Nördlingen
Printed in Germany
ISBN 978-3-10-066061-9

inhalt

die zuseher

mal sehen, ob die wälder wieder brennen, mal sehen, ob starke hitze uns entgegenschlägt. mal sehen, ob der rauch die tiere aus den büschen treibt, deren namen wir nicht kennen, mal sehen, ob das eine stille nach sich zieht. mal sehen, ob der regen einsetzt, den ein schwarzer wind ins land drückt, mal sehen, ob sich wassermassen gegen brücken stemmen oder dämme längst gebrochen sind.

mal sehen, ob gebäudeteile auf uns niederfallen, ja, mal sehen, ob das ganze runterkommt und eine staubwolke uns entgegenschlägt, die alle farben schluckt. mal sehen, ob sich autos überschlagen und sich metall ineinanderschiebt. mal sehen, ob eine stromleitung auf der fahrbahn liegt.

mal sehen, ob sie wieder auf der brücke stehen und hinuntersehen, einen steinwurf weg von ereignissen, die sie doch nicht verstehen. mal sehen, ob sie dann zu anderen dingen übergehen, weil ihnen gar zu langweilig wird. mal sehen, ob sich wieder was tut.

1. sitzung: das protokoll ist verschwunden, vermutlich ging es im zusammenhang mit den vorkommnissen um paul kirchstätter verloren.

2. sitzung: tagungsraum 7 des hotel safitel, pico boulevard, west l.a., montag, 23.9., 16.30 uhr, anwesende: gerd pregler (CEO, geosick gmbh), berit strebitz (abteilungsleiterin entwicklung, murmur-chemie), faisal aslan (architekt), ricarda vierzig (abteilung

bausubstanz des BMFIST*), marko keglevic (EU-beauftragter der strukturfondsförderung ost), marianne gerhardt (baumuck* AG*), karl voss (physiker, uni mainz) sowie der protokollführer. nach dem verschwinden von paul kirchstätter (agentur »desastertourismus«) übernimmt herr pregler freundlicherweise die gruppenleitung:*

»fahren wir fort und sehen uns den parkplatz an, den parkplatz mit all seinen menschen! ob das schon die panikeinkäufer sind, die panikeinkäufer mit ihren panikeinkäufen? seht euch die wagen an, in denen sie da aufkreuzen! so viel hat platz in ihnen, so viel wird auch in sie hineingeräumt. all die lebensmittel und putzmittel, all das werkzeug und die kleidung, die desinfektionsmittel und das wasser. sind das schon die wasservorräte, die man unbedingt anlegen muss?

ja, haben diese menschen denn an die stromversorgung gedacht, an die externe stromversorgung? an die muss man doch jetzt denken, das weiß hier jedes kind. schon kommen die kanister zum einsatz, die dieselkanister, die ölkanister, die benzinkanister, die über parkplätze getragen werden, über autobahnbrücken und gehwege. und wohin werden sie getragen? zu tankstellen hin, von tankstellen weg, das ist doch jetzt die devise. eine menge menschen müsste man gleich mit kanistern über den parkplatz da unten laufen sehen, über diesen parkplatz und alle anschließenden parkplätze, die parkplatzerweiterungen, die man eingerichtet hat, als würde man in dieser stadt immer mit einem ausnahmezustand rechnen, als wäre der immer mit einkalkuliert. aber nein, an die energieversorgung wird wieder einmal nicht gedacht, denn schon sind sie alle auf dem weg zurück zu ihren kraftfahrzeugen, zu ihren geländewagen und minitrucks. wagen, über die man jahrelang nur witze gemacht hat, all die bemerkungen, dass das ja keine stadtautos seien und dass man den eindruck habe, ihre besitzer wollten in eine wildnis hinein, aber trauten sich nicht. diese bemerkungen sind jetzt obsolet geworden, haben sich sozusagen von selbst erledigt, verdünnisiert hat sich jeglicher humoristische gehalt.«

trotzdem, er habe sich die panikeinkäufe ein wenig anders vorgestellt. so wirke es allenfalls unentschieden. er meine, alleine, wenn man sich ansehe, wie die sich in die autos setzten, wie sie sich hinter steuerrädern verschanzten und beifahrersitze eingenommen hätten, als ob sie die nie mehr freigeben wollten. und wie sie dann davonführen, als hätten sie alle zeit der welt. ob es nur ihm so seltsam vorkomme, wie die jetzt von der tankstelle wegführen, von ihren supermarktparkplätzen runter, wie sie ihre shoppingzone verließen? also ihm komme das komisch vor, mit welcher ruhe die da in die zufahrtsstraße auf den highway bögen, er meine: »sehen so die menschen aus, die bald von der bildfläche verschwunden sein werden?«

*

»sagen *sie* jetzt nicht, *sie* denken nicht an die stromleitung, sagen *sie* nicht, *sie* sehen nicht, was gleich passieren wird auf dieser kreuzung, behaupten *sie* nicht, *sie* sehen nicht ängstlich dorthin, wo der mast gleich kippen wird und die leitung reißen wird. behaupten *sie* nicht, da wäre ja noch nicht viel zu sehen!«

er glaube kaum, dass sie das beispielsweise kaltlasse, ja, er spreche seine sitznachbarin, frau strebitz, einmal direkt an, denn wer sei hier die expertin, wer sei hier die, die immer alles rausgekriegt habe? er sei ja eher der, der immer die falschen leute gefragt habe, während sie immer die richtigen leute gefragt habe. die gewusst habe, wenn etwas schieflaufe, was da schieflaufe. und wer habe gesagt: ein unternehmen funktioniere heute strikt nach dem muster einer alarmsituation? ja, sie sei doch die, die bisher immer über das stillhalten in alarmsituationen informiert gewesen sei, da müsse sie doch jetzt nicht so tun, als kratze sie das alles nicht.

ob sie sich nicht daran erinnern könne, wie sie bis vor kurzem gesagt habe: »es sind die kleinen dinge, die die großen auslösen, die kleinen kräfteverschiebungen, die die großen nach sich ziehen, eine chemische irritation, ein kurzschluss, eine falsche anweisung, ein umgekippter schalter.«

aber ob wir ihm überhaupt zuhörten? oder ob wir mit den gedanken ganz woanders seien. also er denke schon, man solle ihm zuhören, denn wenn man nicht zuhöre, dann mache es keinen sinn, dass er hier weiterrede. dann könne er gleich wieder aufhören und es seinem vorredner gleichtun, der uns so plötzlich und überstürzt verlassen habe. aber er glaube nicht, dass hier irgendjemand etwas verpassen wolle.

*

na, zum beispiel wolle er die menschen nicht verpassen, die jetzt ein interessantes leben erhielten. »wer kann das sein?« um seinen vorredner zu zitieren: »jemand, der durchkommen wird, jemand, der es einfach schafft.« aber er sehe schon, die hier anwesenden interessiere das im augenblick nicht, man sei gerade mit anderen dingen beschäftigt, und so verpasse man eine ganze menge. z. b. falle wegen der ignoranz von frau strebitz der junge mann flach, den man im auto da unten noch hätte bemerken können und womöglich als regierungskerl entlarven, wegen ihr falle die frau neben dem getränkeautomaten flach, die sich sicher gleich als geophysikerin zu erkennen geben würde, ließe man sie nur. sie solle nicht so gucken: in solchen situationen komme doch immer eine geophysikerin an, die einem weiß gott was erkläre, die über weiß gott welche sonderinformation verfüge. aber wegen ihrer und der allgemeinen unaufmerksamkeit hier im raum fielen all diese anschlussmöglichkeiten flach. hier gehe es doch darum, eine kommunikation über die kommenden ereignisse zu entwickeln, dazu sei man doch hier angereist, dazu sitze man doch vor dieser fensterfront und blicke hinaus, oder habe er da etwas falsch verstanden?

*

er spreche von den dialogen, die man jetzt miteinander führen könne, beispielsweise, warum gewisse dinge gesendet würden und andere nicht? sicher, selbst für diese fragen habe man normalerweise in den medien seine fachleute, die das diskutierten – »doch diese fachleute lassen heute alle aus, nicht? diese fachleute tauchen überhaupt nicht mehr auf. sie sind aus der öffentlichkeit verschwunden seit einiger zeit, zumindest aus dieser stadt, aus diesem land. sie wurden abgelöst von anderen fachleuten, die jetzt dinge erwägen, die angeblich vordringlicher sind. doch das sind keine aktuellen fachleute, sondern gewesene fachleute, weil die wirklichen fachleute mit wichtigeren dingen beschäftigt sind, als das jetzt ausgerechnet im radio zu diskutieren.«

aber gut, er schalte das radio ab. wichtiger sei zu beobachten, was da unten auf unserem parkplatz passiere. ob der asphalt schon risse bekomme, ob ein zittern die grashalme erfasse, die an seinen rändern wüchsen. ob ein kaum vernehmbares knirschen durch den luftraum gehe, irgendein zeichen des kommenden. schließlich sei der parkplatz unsere gruppenaufgabe, und auch wenn einige das nicht glauben wollten, viel könne man in dieser situation einem parkplatz entnehmen.

man solle ihm jetzt bloß nicht mit abstumpfung kommen, denn im augenblick müsse man alles, was mit abstumpfung zu tun habe, ad acta legen, das haben wir ja von herrn kirchstätter zu beginn unserer reise gehört. das sei ja der sinn der übung. sicher würden sich manche hier im raum fragen, wie das gehen solle, nachdem man in den letzten jahren permanent die aufforderung erhalten habe, den dingen aufmerksamkeit zu schenken, eine zusätzliche aufmerksamkeit den zusatzdingen, die herumstehen könnten in bahnhöfen und schnellrestaurants. sich nicht nur die seltsamen gegenstände genauer anzusehen, sondern auch die seltsamen vorgänge rundherum

wahrzunehmen sowie den seltsamen gesprächen zu lau-
schen, die dazu abliefen: »diese aufforderung hat uns
wohl alle etwas überfordert, sicher, sie hat zuerst ihre
früchte getragen, die aber bald faulig wurden und sich als
observationsmatsch am boden ausgebreitet haben, auf
den natürlich keiner treten mochte. und doch bewegen
wir uns voran, immer an den ereignissen vorbei, immer
um die seltsamkeiten herum.«

*

spreche er etwa nicht laut genug, liege es daran? er habe
den eindruck, als gebe es hier einige, die überhaupt nicht
reagierten. aber gut, vielleicht wolle man das hier auch
ignorieren. vielleicht wolle frau strebitz das ignorieren,
dass wir hier tatsächlich einen vorfall hätten, ja sie, die
jetzt so tue, als wäre nichts, vielleicht wolle der herr neben
ihm, der vorhin seine hypothetischen bemerkungen über
warnlücken und organisationslücken verbreitet habe,
alles ausblenden. ja, sicher, man sitze in keinem zug, der
jeden moment entgleisen werde, man sitze nicht einmal
in einem bus, der auf einen abgrund zurase. nein, wir
säßen immer noch auf sicherem posten in unserem seminarraum mit phantastischem blick auf einen parkplatz
und sollten jetzt kopfschüttelnd sagen: man habe nichts
gelernt aus den ereignissen in san francisco, man habe
nichts gelernt aus den ereignissen in new orleans, man
habe nichts gelernt aus den ereignissen in denver.

*

ja, man habe tatsächlich nichts gelernt aus den ereignissen in new orleans, in denver und houston, denn jetzt tue sich was – »leute, es kommt bewegung ins bild!« endlich tue sich was, und hernach könne keiner sagen, es wäre nichts zu sehen gewesen.

– es könne keiner sagen, es wäre nichts zu sehen gewesen?
– richtig, herr aslan, es könne keiner sagen, es hätte sich nichts getan. denn jetzt komme bewegung ins bild, d. h., einige dinge seien verschwunden, da habe man nur einen kurzen augenblick nicht hingesehen, und weg seien sie, also er könne schwören, da sei gerade noch eine familie gewesen, und jetzt sei sie weg. im umkreis von einem kilometer sehe es jetzt ganz nach verschwundener familie aus, »ja, wo sind sie hin, der mann und die frau? wo sind sie hin, die beiden kinder, die man eben noch aus der shopping-mall kommen sah? etwas von ihnen ist mit sicherheit noch da, etwas müssen sie ja zurückgelassen haben.«

er meine, das wolle uns ja etwas sagen, also das verschwinden von menschen wolle uns im allgemeinen immer etwas sagen! das passiere nicht einfach so, das passiere nur uns einfach so, weil wir nicht mitarbeiteten, dabei kenne hier im raum jeder die spielregeln: wer hier nicht mitarbeite, müsse uns leider verlassen.

*

was jetzt geschehe? die antwort liege doch auf der hand: »in verschiedenen häusern findet verschiedenes statt, so lautet ein sprichwort, das jetzt aber ausnahmsweise mal nicht zutrifft, denn in allen häusern findet das gleiche statt.

– das gleiche?

das gleiche, herr keglevic. aber davon werden die passagiere der boeing 747 keine ahnung haben, deren maschine gerade dabei ist abzuheben, nachdem sie auf 300 km/h beschleunigt hat. mit einem kaum wahrnehmbaren ruck verlässt sie die rollbahn und wird gleich über marina del rey an höhe gewinnen. man wird sie durch die unterschiedlichen schichten des frühabendlichen nebels hindurch sehen können. schon jetzt ist klar, es wird ein phantastischer sonnenuntergang zu sehen sein, schaute jemand hin. doch niemand schaut hin. sie alle starren in eine völlig andere richtung.«

3. sitzung: selber ort, selber tag, 18.45 uhr, anwesende: gerd pregler, berit strebitz, faisal aslan, ricarda vierzig, marko keglevic sowie der protokollführer. gerd pregler übernimmt weiterhin die gruppenleitung, da herr kirchstätter nicht mehr zurückkehrt.

ach, jetzt habe man nicht aufgepasst, jetzt habe man einen augenblick nicht aufgepasst, und schon sei es geschehen! d. h., er habe nicht aufgepasst, das gebe er zu, er habe sich tatsächlich ablenken lassen. und so könne er nur fragen: »wo sind sie alle hin? ja, wo sind sie alle hin, die fliehenden menschen, die uns versprochen wurden, wo sind sie hin, die rutschenden hügel, die herunterkollernden felsstücke, die wildgewordenen bienenschwärme, die uns so plastisch vor augen geführt worden sind, wo sind sie, die hereinstürzenden fluten, die unter dem druck des sturmes einfach zusammenbrechen. wo sind sie, die staubwolken, die sturzbäche und die tiere, die in solchen fällen immer aus den gebüschen schießen. all die feldmäuse und nager? wo sind sie hin, diese plötzlichen rehe und hirsche, die koyoten und kriechtiere, die schlangen und vogelschwärme, aus deren formationen man alles mögliche herauslesen kann, lange, bevor menschen zu sehen sind. und wo sind sie, die menschen, die sich gegenseitig umrennen, die stolpern und wieder aufstehen, wo sind sie, die weiterlaufen, die es schaffen werden, sie müssten doch langsam in unserem blickfeld auftauchen? bzw. wie sollten sie vor den supermarkt gelangen, wenn sie noch nicht einmal die hauptstraße erreicht haben?«

vierzig: also auch sie könne menschen einfach nicht ausstehen, die in ihrer fluchtbewegung erstarrten, habe sie das schon gesagt? sie wisse nicht, wie es den anderen hier im raum gehe, aber sie könne das einfach nicht aushalten, sie rege das furchtbar auf. sie müsse sich dann augen und ohren zuhalten, wenn sie sehe, wie die in die falsche richtung guckten.

pregler: nun, er könne ebenfalls menschen prinzipiell nicht brauchen, die in ihrer fluchtbewegung erstarrten, denn wo komme man da hin? aber er könne sich so ein verhalten, wie sie das an den tag lege, gar nicht leisten, in seiner position sei ein zurückhaltender ausdruck angebracht, in seiner position reiße man sich eben zusammen. da sei mitgefühl in dieser größenordnung fehl am platz.

vierzig: ja, also wie gesagt, sie könne menschen nicht gebrauchen, die in eine art leichenstarre verfielen und in dieser verharrten, auch wenn sie kein vorstandsmitglied sei.

pregler: nicht, dass man ihn falsch verstehe: menschen, die noch nie etwas von reaktionsgeschwindigkeit gehört hätten, sollten jetzt wirklich nicht zu zahlreich sein. auch für uns wäre es beispielsweise empfehlenswert, nicht zu diesen menschen zu gehören, die schon mal ihre leichenstarre durchexerzierten, wenn die situation noch offen sei, aber deswegen brauche man doch nicht so laut zu werden.

vierzig: sie fiebere eben mit, sie sei eben nicht völlig gleichgültig dem geschehen gegenüber.

pregler: noch einmal: eine solche form von hysterie helfe jetzt nichts.

vierzig: welche hysterie?

pregler: sie werde es doch nicht leugnen. sie müsse immer gleich auf leichenbergen sitzen, sie müsse ihre leichenberge immer weiter ausbauen. das sei ihre depressive grundausstattung, die sie mitbringe und die uns in situationen wie dieser keinen zentimeter weiterbrächte.

gut, er werde dieser diskussion mal etwas die spitze nehmen, schließlich gehöre er ja auch nicht zu denen, die nachher sagten, man hätte nicht mitzufiebern brauchen mit denen, nur weil die am ende abgekratzt seien. nein, so einer sei er nicht. er fiebere immer mit, auch wenn es vielleicht anders scheine. aber, er sage das frei heraus, er sähe jetzt lieber ein team, das sich auf lösungssuche begebe als diese ansammlung von desorientierten. auch er habe sich ein anderes bild erwartet als einen verlassenen supermarktparkplatz, eine verrammelte supermarktfront und eine verwaiste tankstelle, aber deswegen müsse man seine sitznachbarn ja noch lange nicht in ihrer konzentration stören.

*

also er müsse zugeben, er habe mit allem möglichen gerechnet, er habe mit heckenschützen gerechnet, mit militärkonvois und hubschraubereinsätzen. mit flugzeugträgern vor der küste, der nationalgarde mindestens. eben, dass sie schnell auftauchten, dass sie die stadt sofort einteilen würden in unterschiedliche zonen, in unterschiedliche betretbarkeiten und unbetretbarkeiten, aber es scheine gar keine unterschiedlichen betretbarkeitsgrade zu geben, als hätte sich überall die gleiche unbetretbarkeit herausgestellt!

ja, er müsse sogar so weit gehen und sagen: selbst das versagen der sicherheitskräfte habe er sich anders vorgestellt. denn auch das versagen müsse irgendwie in erscheinung treten. er meine, wie gerne würde er jetzt sagen: »unsinn, man mag dem gouverneur nicht viel zutrauen, aber im moment ist er der mann, der die entscheidungen zu treffen hat.« aber das gehe nicht, denn ein gouverneur sei bisher nicht in erscheinung getreten.

– »da haben wir noch einmal glück gehabt«, habe immerhin jemand verlautbaren lassen, das sei diese stimme aus dem radio gewesen, die schon wieder verrauscht sei, allerlei technischer lärm habe sich über sie gelegt, und jetzt sei nichts mehr von ihr zu hören …

– gut beobachtet, herr keglevic! bitte, herr aslan!

– also er habe absolut keine ahnung von den übergeordneten maßnahmen, den evakuierungsplänen, den befehlsketten, den sammelstellen. es müsse ja sammelstellen für familienmitglieder geben oder solche, die als familienmitglieder gerade noch durchgingen.

– »ja, halten wir fest!« man habe keinen kontakt zu den nachbarn, keinen kontakt zu den wichtigen stellen, keinen kontakt zu familienangehörigen. keine informationen kämen aus den geräten. noch nicht einmal wir hier wüssten, was mit dem leitungswasser los sei. und mit dem leitungswasser könne unheimlich viel los sein, wenn man daran denke, was da alles hineingeraten könne. er meine, niemand im raum werde ernsthaft daran glauben, dass da noch jemand am anderen ende der leitung sitze und darauf achtgebe.

– nein, dieser platz sei leer.

– richtig, frau strebitz.

*

wie? die hochrechnungen im fernsehen hätten auch nichts beruhigendes? und doch, wer sitze jetzt nicht in erwartung der genauen zahlen vor dem bildschirm? er meine, wen könne man nicht fluchen hören, dass nichts reinkomme. man müsse sich bloß die ärzte vorstellen, die ärzte, die in den fluren der spitäler herumstünden und auf den großen patientenschwung warteten, obwohl ein jeder wisse, dass bei einem vorfall in dieser größenordnung kein patientenschwung zu erwarten sei. ja, am besten stelle man sich die ärzte vor. am besten warte man den emergencylärm ab. aber tue das irgendjemand hier? nein, er habe den verdacht, wir dächten an ganz andere dinge. wir starrten nur auf unseren parkplatz und auf die menschenleeren straßen und fragten uns, was wir hier noch verloren hätten. dabei vergäßen wir ganz das ausgangsmotto: »keine negativgedanken! nur bloß keine negativgedanken!« er meine, wieso auch? es gebe so viel positives im augenblick.

*

na, z. b., dass mit plünderungen nicht zu rechnen sei, weil die bei geschehnissen in der größenordnung nicht einträten, heiße es. er gebe zu, auch er habe in den letzten minuten nichts als plünderungen im kopf gehabt, weil die doch immer an dieser stelle dran seien. und doch ahne er, so ganz umsonst werde er sich nicht gedanken darüber gemacht haben, so ganz umsonst habe er sich nicht innerlich munitioniert, wie andere sich äußerlich munitioniert hätten, ladenbesitzer oder solche, die sich für ladenbesitzer hielten.

– auch das solle man nicht unterschlagen, es sei jetzt mit nachbarschaftshilfe zu rechnen, jeden augenblick treffe nachbarschaftshilfe ein. selbst in dieser gegend, die sich mehr durch bürohäuser auszeichne, gebe es nachbarschaftshilfe.
– richtig, herr aslan! die menschen kämen eben wieder beieinander an und suchten gemeinsam nach problemlösungen. daran könne man sich ein beispiel nehmen! was noch?
– teambildung!
– sehr schön, frau vierzig! ja, langsam könne mal die teambildung einsetzen.
– ach, kristallisiere sich langsam ein team heraus? *(strebitz)*
– nein, müsse er antworten, noch sei da draußen niemand zu sehen, der ein team sein wolle. dabei heiße es doch immer wieder: in solchen situationen komme stets ein team zustande. doch hier reagiere niemand mehr richtig. dabei würde es so einfach sein: zum beispiel könne jemand mal endlich ans telefon gehen.

– welches telefon? *(strebitz)*

– ob sie das telefon vor dem supermarkt nicht gesehen habe? *(keglevic)*

– aber wer würde dort jetzt abheben können? da sei doch niemand. *(strebitz)*

– nein, anscheinend könne niemand ans telefon gehen. *(keglevic)*

– könne niemand dieses telefon abschalten? *(vierzig)*

nein, das glaube er jetzt nicht, dass ausgerechnet in dem moment, wo wir zusammenarbeit brauchten, tatsächlich kompetenzstreitigkeiten ausbrächen! ja, steuerten wir wirklich auf sie zu? ihn nerve nämlich nichts mehr als die streitigkeiten, die konkurrenzkämpfe, das kompetenzgerangel im unpassendsten augenblick, genauso wie der berühmte ehekrach in letzter sekunde. also er könne nicht hinsehen, er werde davon jedes mal ganz aggressiv und müsse dann immer rufen: »hey leute, wisst ihr nicht, worum es hier eigentlich geht?« aber keine sorge, diesmal wisse er sich zu beherrschen. er wolle nur sagen, er könne es prinzipiell nicht verstehen, warum die konkurrenzkämpfe immer dann ausbrächen, wenn sie überhaupt nicht gebraucht würden. er hasse es einfach, wenn er ständig das gefühl habe, er müsse die leute korrigieren, er müsse die leute unterbrechen und sagen: »ja, was macht ihr denn da?«

4. sitzung: selber ort, dienstag, 24.9., 8.45 uhr, anwesende: gerd pregler, marko keglevic sowie der protokollführer.

»so reden sie nicht«, habe frau strebitz gesagt, »so reden keine sonderermittler, keine sonderbeauftragten und auch kein sondereinsatzkommando«, habe sie gleich fachmännisch festgestellt. nein, so redeten sie nicht, habe sie wiederholt, sie fingen ihre sätze anders an, sie nutzten andere vokabeln, außerdem erklärten sie nicht so schrecklich viel. diese hier schleppten ihre kontexte wie umständliche schwänze durch ihre äußerungen, sie erklärten ihrem gegenüber, was ohnehin schon bekannt sein dürfte. sie habe das gleich erkannt, sie kenne sich eben mit diesen dingen aus. »was soll's«, habe er ihr geantwortet, »uns bleiben nur diese hier.« doch sie habe nur die luft eingesogen und gesagt: »du verstehst nicht, was ich meine.« dann habe sie einen augenblick geschwiegen, einen augenblick, in dem er tatsächlich nicht gewusst habe, was sie meine, »trotzdem«, habe er es noch mal versucht. und jetzt wisse er, was sie habe andeuten wollen.

in dem augenblick sei er einfach nur wütend gewesen. da habe man sich endlich rausbegeben, da habe man sich runter auf die straße begeben und sei auch glatt auf sowas wie ein team gestoßen, und sie haue einfach ab. er meine, wie lange habe man die sache von oben betrachtet, wie lange habe man auf den parkplatz gestarrt, und es sei einfach nichts passiert. er gebe zu, er habe von diesen leuten auch ein wenig mehr erwartet. aber wir sollten uns nur einmal selbst ansehen: wir redeten auch nicht wie ein sondereinsatzkommando, obwohl wir das langsam einmal tun sollten, finde er.
— »wieso? da ist er doch wieder, der bombenentschärfungston!«

– »richtig, herr keglevic!«, das habe er ihr auch nachgerufen, da seien sie doch wieder, die gepressten stimmen
der leute, die unter druck arbeiteten! es habe sie aber nicht
zurückgebracht. und jetzt komme er ohne sie zurück.

*

wie? einfach gegangen?, habe auch er sich gefragt, wie das
möglich sein könne. anscheinend glaube sie, dass so etwas
eine option sei. die meisten unserer seminarteilnehmer
wollten ja doch eher hier drinnen bleiben, die meisten
seien ja nicht erfreut gewesen, uns verlassen zu müssen.
aber sie? er habe das nicht in den kopf gekriegt. er meine,
man wolle doch wissen, wer der mann sei, der den trigger
gedrückt habe. man wolle doch wissen, ob dies am ende
alles bloß ein test gewesen sei, ja, eine art manöver, das
aus dem ruder gelaufen sei. ein test auf die reaktionsfähig-
keit einer ganzen bevölkerung, von einer regierung ver-
ordnet, die sich um dieselbige sorge. sowas höre man doch
immer wieder!

*

man müsse es doch mal so sehen: da draußen gebe es ja
immer noch menschen, die wüssten nicht, was flüssig-
sprengstoff sei. die dächten, es wäre nicht notwendig, sich
über gewisse bakterien zu informieren. oder viren! ja,
viren! warum habe er nicht gleich daran gedacht? viren
müssten es gewesen sein. viren tauchten doch immer als
letzte möglichkeit auf, wenn alles andere scheitere.
aber es sei hier ja überhaupt eine menge schiefgelaufen,

und er frage sich natürlich, was da schiefgelaufen sei, hier mit uns. er meine, man müsse sich das auch einmal kritisch vor augen führen, dass das teamwork so ins stocken geraten sei, z. b., sage er, es stimme, er habe den einen oder anderen nicht wirklich zu wort kommen lassen, so viel selbstkritik müsse sein, »herr keglevic, auch, wenn sie mich so skeptisch ansehen«. er solle sich ruhig wieder setzen, er müsse nicht gehen. gut!

*

doch, doch, er könne durchaus kritisch betrachten, was er selbst vermasselt habe. er brauche sich ja nur diese runde hier anzusehen. niemand mehr da, den man als ansprechpartner, geschweige denn als teampartner bezeichnen könne. die gruppe habe sich ja beträchtlich verkleinert, das sei ja nicht der ursprungsplan gewesen, im gegenteil, alle habe man durchbringen wollen. und jetzt müsse der verbleibende rest dem geschehen mit höchster wachsamkeit begegnen und sich nicht etwa zurücklehnen und hoffen, dass man die sache irgendwie überstehe.

*

»herr keglevic, so bleiben sie doch – herr keglevic!«

*

also er warte ja jetzt ohnehin nur noch auf sätze wie: »wölfe tun so etwas nicht und auch keine koyoten! und berglöwen hat man in dieser gegend auch schon eine ewigkeit nicht mehr gesehen. nein, das waren keine tiere, die das angerichtet haben.« oder: »bricht die zeit der selbsternannten sherriffs aus? ist das schon das neue mittelalter, das unweigerlich eintritt?« sowas sei ja zu erwarten. dazu brauche es aber jemanden, der diese sätze ausspreche, habe er recht? aber er ahne, er bleibe gleich alleine zurück, alleine in dieser landschaft »mit ihrer wahnsinnigen geographie«, um seinen vorredner zu zitieren.

wie er darauf komme? wir beide sollten doch nur einmal hinhören: alleine, wie die möwen schrien, alleine, wie der wind das gras bewege. man nehme ja nur noch die lastwagen in der ferne wahr, wie sie vorüberzögen, dabei könne es gar keine lastwagen mehr geben, die vorüberzögen. es sei ja niemand mehr da. da sei nur das rauschen des windes.

jedenfalls: man könne nun wirklich keine großartigen lebenszeichen erwarten, aber deswegen dürfe man doch nicht gleich aufgeben. nein, das dürfe man nicht. jemand müsse doch davongekommen sein. jemand müsse diese geschichte hier überlebt haben, das sei doch so üblich, oder?

*

niemand? gut – nur so viel müsse er abschließend sagen: von mir zumindest habe er sich anderes erwartet. er habe sich mitarbeit erwartet, er habe sich erwachende ingenieursgefühle erwartet, eine ingenieursvisage, die langsam auf meinem gesicht wachse und dann plötzlich feststehe. ob ich nicht bei den lebenszeichen mitmachen könne, die am ende auftauchen müssten und allen zeigten, dass es doch irgendwie weitergehe? man könne ja schlecht von ihm erwarten, dass er alleine lebenszeichen von sich gebe, nachdem unser EU-beauftragter nun auch verschwunden sei. dass er alleine mit dieser menschenleere zurechtkomme. normalerweise finde sich zu diesem zeitpunkt doch immer ein grüppchen versprengter zusammen, das sich durch diese landschaft mit ihrer wahnsinnigen geographie bewege und irgendwo eine neue zivilisation gründe, um seinen vorredner noch einmal zu zitieren. doch hier tue sich nichts diesbezüglich. im gegenteil, es werde einfach nur sozusagen schwarz. ja, schwarz! es sei aber ein schwarz ohne abspann, ohne musik, ohne musiktitelliste. ein schwarz ohne alles.

*

also wenn dies jetzt das ende gewesen sein solle, dann könne er für nichts mehr garantieren. also er wisse nicht, wie er gleich reagieren werde, wenn dies das ende gewesen sein solle, dann fühle er sich nun wirklich verarscht. also jetzt werde er gleich wirklich sauer, wenn nicht gleich etwas passiere, dann wisse er nicht, dann sei das off the record, sage er mal. weil, dann werde er wirklich – also er werde jetzt richtig sauer!

*

anmerkung in eigener sache: nach der niederschrift der sitzungsprotokolle werde ich, der protokollant, das zimmer verlassen, um hilfe zu holen, auch wenn das gegen sämtliche abkommen der desastertourism-agentur verstößt.

die ansprechbare

krefeld, elisabethstraße 52, nachts um zwei am telefon

ich solle erstmal luft holen. also erstmal luft holen, bevor ich weiterredete. man könne mich gar nicht verstehen, man verstehe nicht, was ich sagen wolle. also erstmal einatmen und ausatmen, ja? das ausatmen, habe sie sich sagen lassen, das vergesse man so leicht. dabei sei das ausatmen noch wichtiger als das einatmen, warum, wisse sie auch nicht. vielleicht weil verbrauchte luft schädlicher sei als gar keine luft, wobei sie sich das nicht vorstellen könne, ihr sei eine verbrauchte luft stets lieber gewesen als gar keine, weil man selbst aus verbrauchter luft noch etwas sauerstoff rauskriegen könne.

also erstmal solle ich mich in aller ruhe verständlich machen, und vor allem solle ich die ganze sache von anfang an erzählen, damit sie sinn ergebe, eins nach dem anderen und nicht umgekehrt. sonst stelle sie sich weiß gott was vor, sie denke, es wäre weiß gott was passiert, und das werde ich ja nicht wollen, dass auch sie hier noch in panik gerate, es reiche ja schon, wenn eine von uns das mache.

*

gut. ob ich mich jetzt beruhigt hätte? ob ich wieder normal sprechen könne? ich hörte mich so leise an. vielleicht wolle ich ein glas wasser trinken?

*

»na, wunderbar, dann fangen wir von vorne an«, das hätte ich doch immer so gut gekonnt, eine sache von anfang an zu erzählen, das habe mir richtiggehend gelegen, während sie immer lange habe suchen müssen – obwohl, wenn sie es sich überlege, hätte ich ja eher weniger gewusst, wo anfangen, ich hätte mehr gewusst, wo ich hinsteuern wolle, und dorthin wolle sie leider nicht, das könne sie mir verraten, diesen ort kenne sie nämlich schon.

*

wie? müsse sie mir nicht zuhören, wie ich über das wasser spräche, über das wasser mit seinen wassertemperaturen, mit seinen fließgeschwindigkeiten und seinem salzgehalt? müsse sie sich heute etwa nicht erzählen lassen, wie die teilchen miteinander kommunizierten, wie sie informationen über zehntausende kilometer hinwegtrügen? »ja, ist das denn die möglichkeit!« sie sehe schon, heute ließe ich mir die zusammenhänge nur mühsam entlocken, doch im grunde wolle sie mir die gar nicht entlocken, sie wolle eher abschalten. aber man dürfe nicht abschalten, habe sie recht? d. h., abschalten dürfe man allein den unterirdischen wasserfall, der den golfstrom antreibe, und das auch nur in gedanken, um sich vorzustellen, was dann passiere. ob dann wirklich in zehn jahren in europa eine eiszeit ausbreche, wie ich das versprache.

insofern wundere es sie, dass sie jetzt noch nichts über das meerwasser gehört habe. es sei vermutlich versickert in unseren letzten gesprächen, die allesamt telefongespräche gewesen seien, wenn sie sich richtig erinnere, man bekomme mich ja nicht wirklich zu gesicht. und dennoch habe sie unseren nächtlichen gesprächen nahezu entgegengefiebert, habe eine ganze weile in der erwartung von vorträgen über das plankton gelebt. denn man dürfe seine ohren diesbezüglich nicht verschließen, sondern müsse sie im gegenteil dauergeöffnet halten, habe sie recht?

sicher, sie habe diese daueröffnung nie geschafft, sie sei davor zurückgeschreckt. so jemand wie ich schrecke aber nicht zurück. so jemand wie ich stelle sich ja auch nie die frage, ob das gerade passend sei, ob all das meerwasser in unserem gespräch passend sei, jetzt in diesem augenblick, die grassierende algensorte mit ihrer grassierenden algenblüte, die das pazifische wasser beispielsweise rot färbe aufgrund ihres eisengehalts – jetzt in diesem augenblick. jetzt in diesem augenblick geschehe es, hätte ich gerufen. na, wer sei denn auf du und du gewesen mit dem pazifischen wasser und seinem eisengehalt, auf du und du mit den stickstoffen und nitraten, auf du und du mit den schwebeteilchen, basis irgendeiner nahrungskette, die sicherlich straight zu uns führe?

aber ich hätte gewisse begriffe eben nicht alleine gepachtet, die zum meteorologischen alltag zu zählen seien, ich hätte begriffe wie »el niño« oder »nordatlantische oszilla-

tion« ebenso wenig alleine gepachtet wie ich die alleinei-
gentümerin von klimadaten sei. auch sie beispielsweise
könne, wenn sie wolle, die dinge beim namen nennen,
auch wenn sie sich bei ihr ganz anders anhörten. es könne
sein, dass es mir stümperhaft vorkomme, es könne sein,
dass es ihr an eleganz fehle, an verve, aber bei mir hörten
sich ja schon die druckgegensätze zwischen islandtief und
azorenhoch höchst gefährlich an. bei mir denke man bei
einem begriff wie »polardrift« automatisch an einen un-
tergang, an ein endzeitgeschehen. sie habe aber die nerven nicht verloren, sie habe sich einen teil dieses vokabu-
lars angeeignet und es sozusagen entschärft.

*

sie meine, »kein wunder, dass die natur sich einmal rächt«,
so ein statement würde sie von meiner seite erwarten. sie
wisse zwar nicht, ob sie mir unbedingt recht geben könne,
also ob man schon als rache bezeichnen könne, was sich
da draußen abspiele. sie habe sich ja unter der rache der
natur immer etwas tierbeteiligung vorgestellt, und hier
sei nun mal keine tierbeteiligung zu sehen. also herden
und schwärme, rudel und meuten, massenmigrationen
von links nach rechts, von rechts nach links, was wisse sie.
aber hier gebe es keine tiere und tierauffälligkeiten, hier
gebe es keinen plötzlichen wildwechsel, die rache der frö-
sche und schlangen bleibe genauso aus wie die der kriechtiere und fische, der vögel und insekten, denen man diesbezüglich nun wirklich alles zutrauen könne. die rache
der nagetiere und nutztiere, sie scheine unter den tisch
gefallen zu sein. »die natur rächt sich eben anders«, würde

ich jetzt normalerweise sagen, aber ich sagte es nicht, was schade sei, denn dann würde sie mit den waldbränden kommen können. –

*

als ob ich es nicht wissen würde: waldbrände seien in der region nichts außergewöhnliches. im gegenteil. sie seien teil des natürlichen zykluss. und wenn es keine waldbrände gebe, dann gebe es auch eine gewisse vegetation nicht mehr, dann stürben gewisse gewächse aus, die in dieser region heimisch seien, und das wollen wir doch, das heimische in dieser region?
zumindest sei eine ganze weile davon die rede gewesen, sie habe das auch nicht ganz verstanden, aber die biologen und landschaftsgärtner, die ich auf meiner kalifornienreise angetroffen hätte, die hätten das doch stets eingefordert.

hier zettelten sie die brände selbst an, hier legten sie kontrollierte feuer, habe sie mich mehr als einmal ins telefon rufen hören: gewisse koniferen gebe es nicht mehr, nadelhölzer, die den ruß brauchten, die die versengung nötig hätten. sie habe ja immer gedacht, masochismus bei pflanzen gebe es nicht, aber sie habe sich eines besseren belehrren lassen. sie habe sich unter natur eben einen strikten überlebenswillen vorgestellt, ein prosperitätsprinzip, aber sie habe mir natürlich recht geben müssen, wie sie mir immer recht gegeben habe. und jetzt müsse ich ihr auch einmal recht geben – ein merkwürdiger vorgang, nicht? vor allem jemandem recht zu geben, den man bisher nicht wirklich habe wahrnehmen wollen.

aber ob ich mich jetzt mit der von mir selbst eingebrach-
ten normalität der waldbrände konfrontieren wolle? es
sehe wohl schlecht aus mit meiner konfrontationsbereit-
schaft diesbezüglich, und sie gebe gerne zu, sie könne sich
auch nur schlecht mit der normalität der waldbrände in
kalifornien und südfrankreich konfrontieren, mit der normalität der buschbrände in australien, und was sonst
noch alles von zeit zu zeit in flammen aufgehe, das habe
sie jetzt nicht ganz parat. aber das müsse man eben, habe
sie sich sagen lassen, man müsse in kürze durch einen
ganzen haufen von normalität hindurch, insofern dürfe
man nicht schon bei der normalität der waldbrände ste-
ckenbleiben. man müsse diese normalität schlucken, sie
schnellstmöglichst verdauen, um zu den nächsten norma-
litäten zu kommen, die da noch zu verdauen sein dürften.

»wer hat das noch mal gesagt?« das sei doch ganz normal
dort, das sei immer schon so gewesen, dass es extreme
gegeben habe, es habe immer schon diese extremen tem-
peraturschwankungen gegeben, immer schon diese extremen dürren, auf die mit sicherheit gleich extreme nieder-
schläge folgten. man müsse nur lange genug warten. auch
dass landschaften versteppten, komme mal vor, dass tro-
ckenheiten sich ausbreiteten und eisflächen abnähmen,
ebenfalls.
das sei nur unsere naturhysterie, unsere völlig verdrehte
einstellung zur landschaft, die uns aus dem konzept bringe.
natur sei eben kein englischer rasen, nein, im endeffekt
könne natur das nicht sein. wir sollten endlich mal unsere
rosarote brille absetzen und das einsehen, um einen meiner wissenschaftler zu zitieren.

sei diesbezüglich nicht auch die rede gewesen von einer eiszeit, die es noch bis vor knapp 200 jahren gegeben haben solle und die man auch erst nachträglich entdeckt habe? ich werde mich doch noch an sie erinnern, an jene kleine eiszeit, wie sie heiße, von 1600 bis 1800, die den menschen zu jener zeit auch nicht großartig aufgefallen sein solle. warum solle es mit der nächsten anders sein? sicher, die landwirte bekämen das schon mit, aber die bekämen immer irgendetwas mit, worum sich der ottonormalverbraucher nicht zu kümmern brauche, nicht?

*

das mit dem einatmen und ausatmen hätte ich wohl immer noch nicht so drauf. besonders das ausatmen, das höre sich gar nicht gut an, sowas kriege sie schon mit, selbst durchs telefon kriege sie das mit, da brauchte ich nicht zu glauben, sie habe auf stur geschaltet, sie habe auf durchzug geschaltet bezüglich der äußerungen meinerseits. obwohl, verübeln könnte man es ihr nicht. nein, sie sei aufs zuhören abonniert und werde dieses abonnement jetzt nicht sausen lassen, nur weil sie sich etwas erschöpft fühle, nur weil ich es über gebühr in anspruch genommen hätte.

denn das könne sie schon zugeben: im grunde wolle sie sich nicht wieder nachts im netz irgendwelche traurigen bilderserien ansehen, fotos von abgestorbenen bäumen und baumstümpfen – besoffenen bäumen, wie ich die nennte.
doch so sei es ja immer. kaum gerate sie mit mir ins gespräch, würde sich schon ein permafrostbild vorschieben,

das zu wanken begonnen habe. ja, plötzlich kämen von allen seiten migrationskarten an, migrationskarten von vogelzügen, von insekten und schmetterlingsschwärmen. oder ich stellte gleich eisbohrkerne in den raum, die irgendetwas über stabilitäten und instabilitäten der vegetationsperioden über tausende oder hunderttausende von jahren verrieten.

sie sei direkt erstaunt, dass ich noch nicht wieder losgelegt hätte mit diesen migrationskarten, die ich vor meinem inneren auge aufgehängt hätte und so gar nicht mehr abhängen wolle und auf denen ich verschiebungen wahrgenommen hätte, tier- und pflanzenverschiebungen: in zehn jahren sechs meter nach oben, sechzig kilometer nach norden.

nicht, dass sie mir damals den klimawandel habe ausreden wollen, sie habe immer gewusst, das könne sie gar nicht. aber es gebe ja noch ganz andere klimawandelvorstellungen, und auch wenn sie und ich jetzt wüssten, dass sich mittlerweile eine theorie durchgesetzt habe, so möchte sie doch anmerken, dass das noch gar nichts bedeuten müsse. sie und ich wüssten doch, wie es in der wissenschaft zugehe, dass auch diesbezüglich keine rosarote brille aufzusetzen sei!

*

bitte? ich werde doch nicht abstreiten, dass es menschen gebe, die ein völlig anderes verhältnis zum kohlendioxid hätten. bis vor nicht allzu langer zeit habe man sogar noch von regelrechten klimaoptimisten sprechen können.

und nein, keine sorge, sie wolle mir den klimaoptimismus nicht nachträglich aufzwingen, nachdem man ihn ganz allgemein verabschiedet habe, das könne sie gar nicht, genauso wenig, wie sie mir irgendeinen anderen optimismus aufzwingen könne, denn sie kenne mich ja als pessimistin, wenn auch als vorsichtige pessimistin. aber ich müsse zugeben, selbst, wenn man auf meinen pessimismus einsteigen wolle, dann könne man doch inmitten dieses pessimismus ein rauschen nicht überhören, das rauschen der gegenmaßnahmen, die längst geplant würden. und ich werde ihr beipflichten, man könne nur hoffen, dass aus diesem rauschen ein handfestes geräusch, ja, eine handfeste klangkulisse werde.

*

als ob ich es nicht selbst am besten wissen würde: man baue nicht nur deiche in holland und dänemark, man plane auch die konstruktion von kunststoffschutzschilden, um sie in die stratosphäre zu bringen. von schwefelteilchen, die das sonnenlicht reflektierten, höre man, die sie den flugzeugabgasen beimengen wollten. von CO_2-endlagern unter der erde, zu denen man pipelines quer durch die bundesrepublik legen könne. da seien also ideen im umlauf, und zwar ideen, die ihren praxisbezug immer gleich verrieten. aber diese ideen interessierten mich wohl nicht, weil ich an der rettung in wirklichkeit gar nicht so sehr interessiert sei. oder warum sonst spielte ich den emissionszertifikatehandel vor ihr herunter, die gespräche und konferenzen, die gesetzesvorschläge, die EU-kontingente für den klimaschutz.

und sicher, dem öko-bürgermeister mit seiner öko-glüh-
birne möge etwas lächerliches anhaften, aber komme es
nicht gerade auf diese leute an?

*

ich brauchte jetzt nicht in den hörer zu brüllen. ob ich
nicht wisse, dass man mit ihr auch ganz ruhig sprechen
könne. sie werde die nerven nicht verlieren, nur weil ich
sie anscheinend verloren hätte, das könne sie mir verraten. denn das sei es doch, worauf ich aus sei. ich käme
mit meiner panik quasi telefonisch bei ihr reingeschneit
und sei doch nur darauf aus, sie in eben diese panik zu ver-
setzen. sie aber werde jetzt dichtmachen, die schotten
dichtmachen, sie werde sich das nicht mehr antun.

*

nein, ich brauchte mich jetzt nicht zu beschweren! habe sie
nicht alles mitgemacht? sei sie mir nicht in jedes szenario
gefolgt, das ich erstellt hätte? all die BSE-hysterien, asbest-
ängste, feinstofflichen ängste, alzheimerahnungen, vogel-
grippemahnungen, handystrahlenängste, die der klimage-
schichte vorausgegangen seien.

na, wer sei ihr denn damit im ohr gelegen? das sei doch
nur wieder ich gewesen, ich mit meinen klimakatastro-
phen, die mir nicht auszureichen schienen, ich mit meinen umweltgiften, ja, ich mit meinen wetterereignissen
und mit meinen krankheitserregern, die ich dann in einen
zusammenhang bringen würde. ich glaubte doch an kli-
makatastrophen, lange bevor sie stattfänden!

ob ich mich an die 80er-jahre erinnern könne? die 80er-jahre mit ihrer 80er-jahre-weltuntergangsbesessenheit? man habe ihr geraten, das zu tun und das weltuntergangsrauschen in meiner stimme als spezifisches 80er-jahre-retro-ding zu entschlüsseln. sie habe sich sagen lassen, ich hätte den weltuntergangswahnsinn der 80er-jahre gecovert, wenn auch in ein wenig anderer gestalt, mit ein wenig anderen themen, aber unverkennbar sei dieses lebensgefühl.

doch auch aus den 80ern sei man rausgekommen, habe sie sich sagen lassen, letztendlich zwar ganz schön durchgebeutelt, aber immerhin.

überhaupt: der ständige alarm habe zur folge, dass mir niemand mehr zuhören wolle. ob ich das wisse, dass ich die dosis runterschrauben müsse von zeit zu zeit, die alarmdosis, damit sie noch eine wirkung zeige? denn die reaktionsbereitschaft sinke, ja, sei mittlerweile gegen null gesunken. meine alarmblicke, die nach alarmbereitschaft fahndeten, würden allesamt ins leere laufen, es habe sich sozusagen ausalarmiert.

*

man solle mich kassandra nennen, habe sie das schon gesagt? und zwar eine doppelte kassandra, keine einbahnstraßenkassandra, nein, eine kassandra, die in beide richtungen gehe. denn weder höre man mir zu noch hörte ich zu, wie sie feststellen habe müssen. aber vielleicht sei das auch bei der originalkassandra schon so gewesen, denn irgendeinen grund müsse es doch gegeben haben, dass sie ein gott verflucht habe oder so, denn sonst wäre es mit ihr sicher nicht so gelaufen.

ob noch niemand auf die idee gekommen sei, mich kassandra zu taufen? also sie habe mich längst so getauft, so innerlich, äußerlich würde sie mich natürlich bei meinem namen rufen, aber innerlich stünde ich fest als kassandra. sie meine, die ähnlichkeiten seien verblüffend, und wenn ich nicht aufpasste, komme es bald zu einem kassandra-ende, und das sei kein gutes ende, könne sie mir verraten.

aber wenn sie es sich recht überlege, sei ich eine gefakte kassandra, denn meine prophezeiungen stammten nicht einmal von mir, die seien nicht aus der luft gegriffen, in einer göttlichen schau, also in anhörung der götter. meine visionen seien zudem nicht das neueste, was auf dem markt zu haben sei, sie seien abgekupfert – auch wenn ich meine quellen nicht bekannt gäbe. aber letztendlich sei das auch egal. d. h., ihr sei es immer egal gewesen, denn sie habe sich privilegiert gefühlt, dass ich mich an sie wendete. sie habe sich sozusagen für meine erste gesprächs-partnerin gehalten, einzige vertraute, doch wie sie sich ge-täuscht habe, habe sie erst nach einiger zeit erfahren, als sie von den anderen gehört habe.

*

welche anderen? ich brauchte doch jetzt nicht so ahnungs-los zu tun. sie wisse doch längst, dass ich diese gespräche auch mit den anderen führte. ich hätte doch den ganzen alten freundeskreis in atem gehalten. ich hätte martin in atem gehalten und gerit, ich hätte isabel in atem gehalten, silke und marco genauso wie teresa. sie störe sich nicht daran, ich solle jetzt nicht glauben, dass sie es als verrat ansähe, im gegenteil, es sei ihr ja zu viel geworden, sie sei froh gewesen, dass sie die last quasi mit den anderen habe teilen können, ihre kassandrazuhörerinnenlast.

sie wisse ohnehin nicht, wie sich das mit dem telefonieren eingebürgert habe. wir seien ja überhaupt so ein telefonvölkchen geworden, man wisse gar nicht mehr, was machten die anderen wirklich? die leben entwickelten sich eben auseinander, so sage man doch, obwohl wir im grunde doch alle relativ dasselbe leben lebten, behaupteten zumindest martin, silke, gerit und co. so genau wisse sie es nicht. sie jedenfalls habe immer zu mir gehalten, sie habe mich immer verteidigt, gegen meine kritiker in jenem alten freundes- und bekanntenkreis, deren anzahl zugenommen habe. sie habe sich für mich in die bresche geworfen, sie habe für mich in diesem freundeskreis sozusagen den ganzen öffentlichkeitskram erledigt. und das sei jede menge arbeit gewesen, könne ich ihr glauben.

ob ich nicht mitbekommen hätte, dass ich die leute damit nervte? dass einem das ganz schön auf den wecker gehen könne, dass ich sozusagen unsympathisch würde. ja, sie rätsele, ob ich auch martin, silke und gerit unsympathisch geworden sei, denn die hätten in den letzten telefonaten immer nur gerufen: ob ich mal aus meinem permanenten präsens rauskommen könne, aus meinem kassandrapräsens, in dem ich mich versteckt hielte, ob das möglich sei, wenigstens für sekunden? dieses präsens der kelpwälder im pazifik, das präsens der arktischen planktonteilchen und der sich ablösenden eisschelfe, und im präsens der menschen hier landen?

ich solle mal gezwungen sein, mich einen augenblick lang von meinen migrationskarten abzuwenden, die mir die sicht versperrten, die sicht nach draußen in den realen alltag, in dem menschen ihr geld verdienen müssten, unter zeitdruck stünden und familien gründeten. ich solle mich verabschieden von meinem permanenten handlungsbedarf, den ich über alles legte, von den zeitfenstern, die einem noch für dies und das blieben.

man müsse das aber verstehen, habe sie dann erwidert, das sei meine hauptausbildung, und nicht nur das, meine hauptbeschäftigung, und wie es aussehe, derzeit meine einzige beschäftigung, habe sie immer versucht, den anderen klarzumachen, die nichts mehr davon wissen wollten, die den hörer auflegten. sie seien oft sogar wütend geworden auf sie, die in meinem namen gesprochen habe.

außerdem hätte ich ja konkurrenz bekommen, sozusagen kassandrakonkurrenz, es gebe ja nachrückende kassandratanten und vorrückende kassandraherren um mich, aber ich sei doch immer ein wenig schneller gewesen, habe sie recht, denn sonst würde es nicht diesen strategiewechsel gegeben haben, diese flucht nach vorne. und sie, sie habe mich auf meinem fluchtversuch begleitet, wenn auch nur telefonisch, daran würde ich mich doch erinnern. ich würde mich doch noch an den recherchefuror erinnern? an den recherchefuror, den ich entwickelt hätte, und an

die menschen, die es plötzlich gegeben habe. ja, auf einmal habe es menschen gegeben, und mit ihnen haupt-
bahnhöfe und hotelbars, es habe taxifahrten gegeben und
hin- und rückfahrten, terminschwierigkeiten und park-
platzprobleme.

*

bitte, ich wolle doch nicht abstreiten, dass ich von heute
auf morgen zu diesen menschen unterwegs gewesen sei.
in diesen plötzlichen hauptbahnhöfen und hotellounges,
den umweltforschungszentren steckten sie doch alle drinnen, die sach- und fachverständigen, diese expertenstim-
men. und wen ich nicht alles einen sach- und fachverständigen genannt hätte! sie habe immer den eindruck gehabt,
ich stolperte geradezu über die. würde ich einmal mit der
u-bahn fahren, sitze garantiert jemand drin, der mich über
die sicherheitsrisiken in friedenszeiten aufklären wolle.
ginge ich in die kneipe, würde ich sicherlich jemanden
kennenlernen, der mir einzelheiten über warnlücken und
organisationslücken verrate. sie fahre ja nicht mehr mit der
u-bahn, weil sie kaum noch vor die tür gehe. aber wenn sie
mit der u-bahn fahren würde, würden zwar warn- und organisationslücken mit sicherheit dabei sein, aber nicht die zuständigen sprecher, nicht die soziologin, die sie darauf aufmerksam machen könnte. sie stieße niemals so mir nichts,
dir nichts auf klimawissenschaftler. aber bei mir: andauernd diese biologen, chemiker, geophysiker, hydrologen,
feuerökologen, nuklearmediziner, versicherungsjuristen,
tiefbauingenieure. ingenieure, die ferndetektoren für
wärme bauten oder für chemische zusammensetzung von

wolken. menschen, die ein volles stadion elektronisch durchmessen könnten und sagen: »an dieser stelle steigt die temperatur, da kriegt ihr in zehn minuten einen aufruhr.«

also eines werde man nicht sagen können: dass ich mich nicht ausreichend professionalisiert hätte. nein, das werde man nicht behaupten können. und sie habe sich eben mit mir mitprofessionalisiert.

*

na, wer sei es denn gewesen, der plötzlich von manövern und manöverwirklichkeiten gesprochen habe? dass man die manöver vermisse, habe sie mehr als einmal von mir gehört. wer sei es denn gewesen, der gesagt habe: man müsse erstmal erlebt haben, wie ein beamter durchdrehe, um zu wissen, was von ihm zu erwarten sei, wenn es ernst werde? das hätte ich doch wieder von einem meiner katastrophensoziologen gehabt.

ich hätte die erfahrungshorizonte erwähnt, und wie sie mit der verhaltenssicherheit zusammenhingen: wenn die bevölkerung keine übung in katastrophendingen habe, sehe es schlimm aus, hätte ich erklärt. und es sei nun mal tatsache, dass unsere erfahrungshorizonte zusammengeschrumpft seien, sozusagen auf einen punkt zusammengeschrumpft, der längt verlorengegangen sei im übergroßen horizont der medien, in den magischen medienerzählungen, die uns umgäben. »uns umgibt mehr magie als im mittelalter!«, hätte ich gerufen. daran könne ich sehen, sie habe aufgepasst, sie habe mir nicht, wie die anderen, den rücken zugedreht.

aber sie sehe schon, ich wolle nicht recht einsteigen. ich wolle nicht ins gespräch einsteigen, das sie mir anbiete. vielleicht, weil sie im gegensatz zu mir keine gefahrenberichte in irgendwelchen schubladen liegen habe, die vorher irgendein innenminister in der schublade gehabt habe, die möglicherweise schon durch mehrere schubladen gewandert und irgendwann bei mir gelandet seien. oder vielleicht, weil sie nicht wisse, wie beamte tickten, bevor sie austickten, sie könne sich eben nicht wirklich in beamtengehirne reinversetzen, wie ich das machte, und eine ahnung entwickeln, was gerade darin vorgehe, aber vielleicht gehe darin auch gar nichts vor. vor allem jetzt, spätnachts möglicherweise nicht, da seien auch die beamtenwirklichkeiten auf null, bzw. auf reset gestellt, wie man das heute nenne.

ich aber immer weiter mit meinen beamtengehirnen, die wolle sie auch jetzt lieber nicht von innen besichtigen. sie wolle sich auch nicht mit autokratischen ministern beschäftigen und wie man ihnen eine entscheidung verkaufe. sie wolle nichts mehr von beratungsresistenzen auf politischer ebene hören! und dennoch: auch sie habe sich dabei ertappen müssen, wie sie ganz automatisch von den a,b,c,d,e,f-gefahren zu sprechen begonnen habe, als ich von den a,b,c,d,e,f-gefahren gesprochen habe, dabei habe sie doch gedacht: diese alphabetisierung mache sie jetzt nicht mehr mit, und schon habe sie sich bei genau dieser alphabetisierung ertappt, und das sei auch der punkt gewesen, an dem sie sich selbst den kassandrasekretärinnentitel verliehen habe, nachdem sie ihn vermutlich längst von den anderen verliehen bekommen habe.

sie sei ja praktisch zu meiner sekretärin geworden, meiner kassandra-sekretärin, so zumindest habe sie sich die meiste zeit gefühlt, immer einen schritt hinter mir, immer eine äußerung später, eine art permanenter schatten, der mir überallhin folge, mir hinterherhinke.

∗

sie werde mir doch aufgefallen sein, ich werde sie doch wahrgenommen haben in ihrer tätigkeit, die ich im grunde genommen bei ihr bestellt hätte. wer halte sie denn die ganze zeit am telefon?

aber sie sehe schon, ich wolle mich nicht daran erinnern, was wiederum typisch sei. die kassandrasekretärinnen würden eben immer vergessen, das sei ihr schicksal, sie arbeiteten im hintergrund, organisierten den ganzen kassandrakram, nur, um dann spurlos zu verschwinden, wenn es dem kassandraende entgegengehe. und das tue es, habe sie recht?

∗

sie habe mich jetzt nicht richtig verstanden, es seien so viele nebengeräusche in der leitung. was das für ein knistern sei? sie höre dieses knacken schon die ganze zeit. ob ich dieses knistern mal beenden könne? überhaupt: was das für seltsame hintergrundgeräusche seien? ob ich mich mit diesen geräuschen extra umgeben würde, um ihr angst zu machen?

*

also das sei wieder einmal typisch ich! ich täte ja so, als ob das die letzte verbindung nach europa sei. und sie der letzte mensch, der mit kalifornien, usbekistan oder bosnien spreche. manchmal habe sie das gefühl, als ob es kalifornien, usbekistan oder bosnien gar nicht mehr gäbe, als ob das alles nur noch meine telefonfiktion wäre. sie komme ja nicht mehr viel raus, d. h., sie gehe ja in letzter zeit gar nicht mehr raus. sie wolle auch nicht mehr. es werde ihr zu unheimlich. man höre so vieles. die zeiten seien schlecht. außerdem habe sie am telefon genügend zu tun. nicht zuletzt wegen mir.

*

man habe doch ausgemacht, dass ich mich beruhigte. ich würde mich doch einmal an eine abmachung halten können, auch wenn es nur eine telefonische sei? aber wenn sie es sich so recht überlege, finde sie meine panik im grunde genommen gar nicht so schlecht, im gegenteil, sie finde es richtig, dass ich mal am eigenen leib erlebte, was ich ansonsten bei anderen menschen auslöste.

*

nein, ich solle sie jetzt nicht um verzeihung bitten, ich solle mich auch nicht permanent entschuldigen, wie ich das gerade machte, das lasse sie direkt misstrauisch werden. sie erkenne mich ja gar nicht mehr recht wieder! also sie habe gedacht, sie treffe mich an, und jetzt treffe sie eine frau an, die völlig außer sich sei, jedenfalls keine, die die vernünftigen von den unvernünftigen ängsten trennen könne, was ich doch immer für furchtbar wichtig gehalten hätte. »es gilt, die vernünftigen von den unvernünftigen ängsten zu trennen!«, habe sie mich bei jedem telefongespräch predigen hören, wenn sie einmal nicht mehr ein und aus gewusst habe. und was sei das jetzt? wer mache hier im augenblick die ganze trennungsarbeit?

*

bitte? ob ich etwas lauter sprechen könne, sie verstehe schon wieder nichts. und nein, es liege nicht an der verbindung, wie ich ihr wieder weismachen wolle, ich würde ja nur noch flüstern. ob ich das absichtlich machte, so leise zu reden, dass man sich unglaublich anstrengen müsse, mich zu verstehen.

manchmal wisse man ja gar nicht mehr, ob ich noch dran sei. auch jetzt hätte ich schon eine ganze weile so komisch in den hörer geatmet, und bald, so ahne sie es, komme nicht einmal mehr das. dann arbeitete ich wieder mit der stille, wie ich das nennte, brächte diese stille gegen sie in stellung.

hallo?

sie höre nicht einmal mehr meinen atem. ob ich den hörer

weggelegt hätte? am ende sei ich gar nicht mehr dran, und sie rede sich den mund fusselig.

ich hätte mich komplett gewandelt, müsse sie schon sagen, ich sei ja gar kein richtiges gegenüber mehr. zumindest im moment entspräche ich so gar nicht dem bild, das sie sich von mir gemacht habe, ich strahlte ja nur noch diffuse ängstlichkeiten aus, so dass sie schon zweifel habe, ob das auch wirklich ich sei, oder ob sie eine falsche erwischt habe.

*

nein, besser, ich sei ich, besser, ich hielte mich an die version von mir, die sie im kopf habe. denn sie könne nur der kassandraperson helfen, die sie über die jahre kennengelernt habe, das werde mir doch nicht so schwerfallen?
oder müsse sie jetzt etwa alleine über den zusammenbruch der versicherungsindustrie spekulieren, der uns jeden augenblick bevorstehe?

dass so etwas aus ihrem mund komme, finde sie merkwürdig, dass diese versicherungsindustrie aus ihrem mund komme, das habe sie nicht erwartet. sie fände es zwar besser, wenn aus meinem mund irgendetwas herauskäme, denn dieses seltsame schweigen irritiere sie doch langsam sehr. sie meine, solle sie sich jetzt etwa statt meiner in die erste reihe der versicherungsbeobachter setzen, in der ich bisher immer gesessen sei und mich nach vorne gebeugt hätte, um etwas zu erhaschen, was noch nicht für die öffentlichkeit gedacht gewesen sei. sie habe den eindruck, der stuhl sei im augenblick leer. sie habe den eindruck, die person, die bisher darauf gesessen sei, habe sich vertschüsst, und zwar endgültig.

*

und nein, sie wolle mich nicht provozieren, sie habe einfach nur immer mehr das gefühl, dass sie mir beibringen müsse, wieder zurückzufinden zu der person, die ich einmal gewesen sei. schritt für schritt müsse sie mir das antrainieren, sie sei dazu da, mir fernmündlich meine identität wieder herzustellen. ich holte mir quasi eine alte version von mir bei ihr ab, als ob ich nicht mehr wüsste, wer ich sei.

aber vielleicht sei ich ja auch so eine art telefongespenst, ein phantom, das nur in den reaktionen der anderen lebte, in den paniken, die ich auslöste. eine art sprachrückkoppelung, ein akustischer rest? ja, das habe sie sich inzwischen fragen müssen: ob ich einer dieser gegenwärtigen telefondämonen sei, die neben den automatischen werbeanrufern und verkündern irgendwelcher gewinnmitnahmen existierten. einer, der nur noch in der leitung lebe, und dem man besser zuhöre, weil es einem sonst schlecht ergehe.

es sei ja jetzt jede menge die rede von diesen merkwürdigen telefongespenstern mit ihren fernmündlichen ankündigungen. überall tauchten sie auf, und es würde sie nicht wundern, von den anderen zu erfahren, ich sei verschwunden, mich gebe es gar nicht mehr, ich sei sozusagen seit jahren verstorben. wobei, von den anderen höre sie ja auch nichts mehr. nicht von marco, nicht von silke, nicht von martin und isabel. und seltsamerweise auch nichts von den zuständigen behörden, diesbezüglich sei es besonders still geworden, dabei sollte man gerade von dieser seite informationen erwarten dürfen, jetzt, wo mit allerhand ausfällen zu rechnen sei.

*

was solle dieser themenwechsel? was heiße, es gehe nicht um mich, sondern um sie? ob ich ihr drohen wolle? und nein, sie laufe jetzt nicht auf die straße hinaus, sie begebe sich überhaupt nicht mehr gerne nach draußen, und schon gar nicht nachts. sie bleibe lieber hier am telefon. wieso sie unbedingt rauslaufen solle?

*

was das heiße, ich sei ganz in der nähe? was heiße, ich käme, um sie zu warnen, sie ganz konkret? und wie? sie reagiere nicht richtig? das verstehe sie jetzt nicht. sie finde schon, dass sie richtig reagiere, dass ihre abwartende haltung überhaupt die einzige reaktionsmöglichkeit sei.
ha, sie wisse, was ich gleich sagen werde! ich solle jetzt bloß nicht mit dem gesunden menschenverstand kommen, so nach dem motto: »wenn du siehst, dass das haus, in dem du sitzt, brennt, läufst du doch auch raus!« nein, wenn sie ihr haus brennen sehe, laufe sie eben nicht mehr raus. sie bleibe drinnen, sie warte ab, ob es wirklich brenne.

*

also auf diesem ohr sei sie ganz taub, dieses ohr sei stillge-
legt, nein, sie habe einige abstumpfungen erworben, die
sie überhaupt am leben erhielten. und sie verfüge noch
über ganz andere taubheiten, wenn ich so weitermachte,
taubheiten, die gar nicht so angenehm für mich sein könnten.

*

was heiße hier, sie verdrehe die sache? wer hier die sachen
verdrehe! ich solle nur mal mein beispiel ansehen, das
beispiel von dem haus, aus dem man rauslaufe, weil es
brenne. ich hätte doch selbst gesagt, dass es häuser gebe,
die immer um einen blieben. natürlich hätte ich das im
übertragenen sinn gemeint. ich hätte wieder an das große
ganze gedacht. was für ein idiotisches bild: »häuser, die
immer um einen bleiben!«

*

wie? ich werde ihr doch nicht sagen, dass es jetzt aus sei.
dass sie jeden moment keine luft mehr bekommen werde,
weil gleich keine luft mehr um sie sei. ich werde ihr doch
nicht von irgendeiner banalen auswirkung erzählen, von
einem durch die überhitzung ausgelösten kabelbrand,
einem aus dem wartungsnotstand herrührenden heiz-
kesseldefekt, weil in dieser situation sich niemand mehr
für heizkessel zuständig fühle, weil in dieser situation ein
jeder nur noch an sein eigenes fortkommen denke.
oder der brand rühre daher, dass einer wieder durchge-
dreht sei, wie das heute so oft der fall sei. warmer abriss

mit lebendem inventar? oder was bleibe sonst noch übrig? ich werde vermutlich mein letztes fressen in der banalität wie zufällig wirkender unfälle gefunden haben, deren zahl ich überall ansteigen sähe und die natürlich überhaupt nicht zufällig seien, sondern aufgrund der desolaten verhältnisse stattfänden – »weil sich niemand mehr zuständig fühlt!« ich werde doch jetzt nichts von konkreten auswirkungen faseln und am ende ihr mit einer atemnot kommen, mit einer übelkeit, die sich auf alle glieder schlage. ich werde ihr doch nicht sagen, dass die fehlende reaktionsbereitschaft in eine fehlende reaktionsmöglichkeit umschlage, und ihr von irgendwelchen möglichen schmerzen erzählen, die einsetzen könnten, demnächst einsetzen würden oder gar schon eingesetzt hätten, schmerzen, die daraus resultierten, dass ein dekompositionsprozess begonnen habe, der beginne, wenn die lunge schlappmache. ich werde ihr doch nicht sagen, dass sie es nicht mehr zum fenster geschafft habe, dass sie ihre maßnahme gegen die atemnot nicht mehr habe vollziehen können, sondern liegengeblieben sei, zurückgeblieben in diesem sich schlagartig erhitzenden und verrauchten raum.

ich werde doch nicht in einer abartigen vergangenheitsform mit ihr sprechen. ich werde ihr doch nicht sagen, dass sie angekommen sei an einem ort, an dem plusquamperfekt und futur 2 zusammenflössen, das werde ich doch nicht sagen, und dass das mein letzter satz gewesen sei.

der übersetzer

seminarraum des weiterbildungsinstitutes »WCR« (chancen und risiken) in einem ehemaligen fabrikgebäude in oberschöneweide, fortlaufend seit september 2008

die ganze sache werde ich doch nicht richtig verstehen. das werde man mir jetzt sicher nicht erklären und schon gar nicht durch und durch erklären. da reiche eine oberflächenerklärung, sagten die sich, eine schrottprämienerklärung, einzelteile, die man mir zuwerfe, discount- und abverkaufsvokabeln, die man sich noch leisten wolle und die man ihm schon die ganze zeit unablässig reiche, immer wieder wiederhole, wie »vertrauenskrise«, als ob damit schon alles gesagt wäre. unter vertrauenskrise könne sich ein jeder was vorstellen, heiße es. das sei nicht so wie bei den »leerverkäufen« oder bei »subprime«, wo man mit skizzen arbeiten müsse, damit leute wie ich überhaupt eine ahnung bekommen könnten. und so erhöhe man hier andauernd unseren fachwörterpegelstand, man fülle uns sozusagen fachwörtertechnisch ab und denke, damit sei es getan. er wisse, wovon er rede, er sitze ja schon eine ganze weile hier und höre sich das an.

*

also mal ganz im ernst: von der »vertrauenskrise« solle ich schon was gehört haben, die sei doch kein jägerlatein, sondern einfach und verständlich. auch die »vertrauenslücke« könne man nun wirklich voraussetzen, also dass die geschlossen gehöre. wo ich denn bisher gelebt hätte, hinterm mond? er habe es ja gleich gewusst: jetzt komme so ein neuzugang, der von tuten und blasen keine ahnung habe, dem er die ganze angelegenheit auseinandersetzen könne. am ende müsse nämlich er wieder ran, müsse er alles übersetzen, wobei er mir das vergiftungsganze nicht übersetzen könne, dafür reiche die zeit nicht, die wir beide, er und ich, hier hätten. aber das interessiere mich ja nicht, genauso wenig, wie mich interessiere, dass er das nicht freiwillig mache. also, dass man ihn dazu verdonnert habe, sozusagen zu mir verdonnert. normalerweise gehörten wir ja nicht zusammen, also menschen wie er und ich gehörten nicht zusammen. das werde mich doch auch ein wenig erstaunen, dass ich hier auf jemanden wie ihn stieße.

man habe ihn zurückgestuft, müsse ich wissen. man habe gesagt, auch er habe diese nachhilfestunde in sachen wirtschaft nötig, die wir jetzt alle zu überstehen hätten. das könne er zwar nicht ganz glauben, denn er sei bisher ein wirtschaftseinserschüler gewesen, und jetzt heiße es plötzlich, er habe einige dinge aus den augen verloren, er habe einiges vergessen, was man nicht vergessen dürfe und an das man ihn wieder erinnern müsse. mich dagegen werde man an nichts erinnern müssen, im gegenteil, bei mir werde man eher so bei null anfangen, bei der betriebswirtschaftlichen null, so wie ich aussähe mit meinem schmuddellook. ob ich mich nicht optisch etwas zusammenreißen könne? ich wolle doch nicht zu denen gehören, die um uns herum platz genommen hätten, zu diesen versagern, diesen luschen und flaschen, zu diesen gestalten, die hier unabsichtlich hereinstolperten, weil sie keinen durchblick mehr hätten, und das hier für ihre stammkneipe hielten? man dürfe diesen ort aber nicht mit seiner stammkneipe verwechseln, zumal mit stammkneipen ja sowieso schluss sei, das werde mir doch klar sein, denn jetzt gehe alles den bach runter, jetzt zerfielen alle werte zu staub – eben wegen dieser vertrauenskrise, die wir hier auswendig lernen müssten, und die er schon so lange auswendig könne, dass sie jetzt besser aufhören sollten, ihm davon zu erzählen, weil sie durch diese endlosen wiederholungen langsam sein misstrauen erweckten.

*

aber ich stolperte ja schon über die einfachsten begriffe! als wäre die kreditklemme ein fremdwort! als wäre der ölpreis ein abstraktum! als wären minuserwartungen ein kompliziertes sprachspiel!

eines müsse mir klar sein: nur weil wir in dieses plötzliche miteinander geraten seien, heiße es noch lange nicht, dass es nicht unterschiede zwischen uns gebe. natürlich würde ich erstmal nicht kapieren, was das bedeute, wenn jemand wie er auf einmal in einem raum wie diesem sitze und sich erstmal die augen reiben müsse. er meine, sie seien hier ja nicht an der european business school, dies sei kein eliteinstitut, kein thinktank wie harvard mit hauseigenem fitnesscenter, das sei mehr so das gegenteil davon: immobi-

lien-schrott bzw. eine gegend, die man besser nur per heli-
kopter betrete. aber was erzähle er mir da, schließlich
kennte ich das hier, schließlich lebte ich da. er aber gehöre
im prinzip nicht hierher, das werde mir doch klar sein.
schon alleine mit dem outfit nicht. wobei er sich nicht
sicher sei, ob ich sein outfit überhaupt wahrgenommen
hätte. ich blickte eher so durch es durch, ich schielte an
ihm vorbei nach draußen.

was ich da sehen wolle? glaubte ich etwa, die fünf wirt-
schaftsweisen kämen zu besuch? sie kämen vorbeigefah-
ren in einer art papamobil, in dem sie aufrecht stünden
und mit dem kopf wackelten? ich meinte wohl, die unter-
hielten sich in ihrem wirtschaftslatein, während sie mit
nachlässigen gesten der gegend den segen erteilten. abgesehen davon, dass man dieser gegend überhaupt keinen
segen erteilen könne, würden die nicht anhalten wegen jemandem wie mir. etwa um mich zu befragen. oder glaubte
ich allen ernstes, sie ließen mich die globale krise in der
berühmten »eins-bis-fünf-skala« bewerten, wie das füh-
rende politiker und wirtschaftsleute tagtäglich machten.
»hundert bedeutende köpfe« heiße es dann, was ja schon
klarwerden lasse, dass ich nicht dabei sein könne. davon
könne ich nur noch träumen. träumen könne ich ebenfalls davon, einen begriff wie »domino-rezession« zu entwickeln. aber davon träumte ich nicht, nein, ich würde vermutlich froh sein, wenn ich gewisse begriffe überhaupt
verstünde.
mein einziger hoffnungsschimmer könne sein, dass ich
qua sitzplatzwahl neben ihm gelandet sei. – volltreffer!,
sage er da nur, und leider volltreffer auch für ihn, denn er

müsse mir alles übersetzen, was von vorne komme. übersetzen oder wiederholen, weil ich es angeblich nicht ganz verstanden hätte. ich liebäugelte mit einer schwerhörigkeit, die er mir aber nicht abnehme. diese tricks kenne er schon.

*

und nein, er werde das nicht wiederholen. er werde sich nicht wegen mir an der stelle aufhalten, an der die rede von der toxischen kreditflut sei, nur weil ich unaufmerksam sei, weil ich etwas schlaf nachzuholen hätte, wie ich sagte. weil mir meine ohren rauschten, wegen angeblichen stresses, den er mir nicht abnehme. außerdem: die ganze sache mit der nicht unendlichen verpackbarkeit von schulden sei eine art wiedergänger, er meine, wir würden das alles ohnehin noch oftmals hören, die ganze arie von den schulden und ihren verpackungen werde uns die nächsten jahre begleiten. denn die nicht-mehr-verpackbarkeit laufe doch nur auf eine neue verpackungsstrategie hinaus, diesmal eine staatliche verpackungsstrategie, die uns teuer zu stehen kommen, ja uns ausbluten werde. aber was solle man machen, sagten die, die schulden würden schließlich weiter verpackt werden müssen, denn sie würden sich nicht so einfach in luft auflösen, wie viele das gerne hätten. und selbst die anhänger der vermeintlich neu entdeckten nicht-mehr-verpackbarkeit würden diese augenblicklich wieder vergessen, würden sie nur genügend abgelenkt.
er müsse zugeben, er könne selbst nicht gut im kopf behalten, dass irgendwann schluss sei. ja, er habe richtige ge-

dächtnislücken entwickelt. dass beispielsweise sämtliche banken im grunde pleite seien, vergesse er täglich von neuem, dass wir nur noch von konjunkturhilfemilliarden umgeben seien, die unseren alltag stützten, dass unser alltag zusammenkrache, wenn diese einmal aufgebraucht seien, was in kürzester zeit der fall sein werde, ebenfalls. er wisse auch nicht, wann er diesen betriebsalzheimer entwickelt habe, sein ureigenster betriebsalzheimer, der teil des globalen betriebsalzheimers sei, der im augenblick grassiere.

aber deswegen werde er noch lange nicht sagen, die welt gehe unter, wie das gewisse menschen hier machten, er wisse, die wollten ihn mit im boot haben, in diesem ihrem weltuntergangsboot, aber das mache er nicht, da steige er nicht ein. ich solle sie mir nur mal ansehen, diese emsigen typen in der ersten reihe, die die zahlen nach unten korrigierten, und zwar nicht etwa lahmarschig wie gewisse wirtschaftsinstitute, nein, mit einem feuereifer, als wollten sie alle institute der welt darin überholen. dazu brauchten die nicht einmal frühindikatoren wie den seetransportindex, den ifo-index – nein, der markt diktiere ihnen das direkt ins ohr! da könne er nur lachen. in wirklichkeit wollten die doch nichts als ihre eigenen nach unten trudelnden geschäftszahlen in der allgemeinen talfahrt unterbringen und begäben sich ständig auf die suche nach irgendeiner parallelkatastrophe, um ihre eigene katastrophale geschäftssituation zu verdecken. pleitiers, konkursvögel, insolvenzhasen.
dahinter gleich die deppen, die sich gegenseitig nichts als fotos in den kopf jagten: finanzkrisenfotos, suppenküchen-

fotos, immobilienfotos, fotos von zeltstädten in nevada, fotos von ausverkäufen, von gestürmten banken in großbritannien, von verrammelten gegenden in new york. die meisten hier im raum könnten ja ohnehin nur in fotografien denken, die seien nicht zur abstraktion fähig. manchmal sei sowas ja auch ganz hilfreich, aber in gewissen momenten sei abstand zu empfehlen. also er wolle jetzt nichts von marodierenden banden hören, von discountermüll, von schlägereien vor der bäckerei, abzockerei von kindern, diebstählen, überfällen auf alte leute, alle, die sich nicht wehren könnten.

»die panik lassen wir außen vor«, habe es beim eintritt in diese nachhilfestunde geheißen, daran werde ich mich doch erinnern, also solle ich jetzt hübsch die panik außen vor lassen. die anderen hätten sich bisher ja auch brav daran gehalten, habe er recht? insofern solle auch ich aufhören, so hektisch in meiner tasche rumzukramen, das mache ihn ganz nervös.

er meine, es gingen doch überall jetzt finanzbomben hoch, das werde mir doch aufgefallen sein. da müsse man vorsichtig sein, da dürfe man nicht in hektische aktionen verfallen. ja, es sei nicht ungefährlich, was sich da draußen abspiele, während wir drinnen über vertrauensfragen sprächen. ich kapierte das freilich nicht und dächte, alles laufe weiter wie bisher. ich glaubte, ich brauchte nur den kopf auf den tisch zu legen und die augen zu schließen, und dann habe sich die sache.

*

aber diese vokabel hätte ich aufgeschnappt! ausgerechnet »akkumulationsregime«, das wolle ich jetzt wissen. das habe mir sicher der peak-oil-mensch zugesteckt. der peak-oil-mensch, der vor uns sitze und der ihn schon seit längerem nerve mit seiner absichtlich nuscheligen diktion, seiner schwülstigen andeutungsrethorik, seinen an den haaren herbeigezogenen vergleichen. dem peak-oil-menschen habe er es zu verdanken, dass er sich den mund wieder fusselig reden könne. er verstehe schon, dem wolle ich derzeit lieber zuhören als ihm. dieser peak-oil-mensch, der so tue, als wäre auch er zurückgestuft worden, oder warum glaube der, diese dinge zu wissen? der erläutere sachverhalte, die ihm gar nicht bekannt sein könnten. nein, dem fehlte das insiderwissen, das sehe man doch sofort. außerdem komme der mit nahrungsmittelknappheiten und rohstoffpreisen, die hier nichts verloren hätten. der starte nichts als polemiken, wo hier doch alles so hübsch geordnet zugehe in dieser öffentlich-rechtlichen anstalt, habe er recht? insofern solle ich mich wieder setzen und einmal durchatmen!

er habe ja gedacht, mir müsse man gewisse vorstellungen nicht erst wegerklären, was ja bekanntlich viel schwieriger sei als hinerklären. und jetzt das. ich solle mir doch die leute ansehen, denen man alles habe wegerklären müssen, z. b. meine vorgängerin, wobei ich die nicht mehr sehen könne, die sei ja verschwunden, und zwar, wie er finde, auf etwas überstürzte weise. meiner vorgängerin habe man so lange diese annahmen wegerklärt, dass überhaupt keine zeit mehr geblieben sei, ihr wieder etwas hinzuerklären. die sei hier rausgekommen mit buchstäblich

nichts mehr im kopf, wenn sie hier überhaupt heraus-
gekommen sei. aber immerhin: sie habe ihr erbe hinter-
lassen. denn wegen ihr sagten sie alle gleich zu beginn
jeder stunde nervös: »im grunde bin ich ja schon für die
marktwirtschaft« oder »ich als bekennender marktwirt-
schaftler«, als ob sie jeden zweifel an ihrer marktwirt-
schaftlichen totalüberzeugung ausräumen müssten.

*

ich brauchte nicht zu glauben, er sei mit allem einverstanden, was da von vorne komme. er spreche ja im moment
nicht selbst, er übersetze nur, das seien ja quasi nicht seine
positionen, die er hier vertrete. aber das könne ich wohl
nicht unterscheiden. dass jemand dinge sage, die er persönlich gar nicht meine. ich wüsste nicht, wie es sei, wenn
man andauernd für andere spreche. und auch er habe es
erst mühsam lernen müssen.

man habe ihn zurückgestuft, habe er das schon erwähnt?
man habe erklärt, dass auch andere zurückgestuft worden
seien, was er ganz und gar nicht glauben könne, denn er
sehe hier niemanden seinesgleichen. er sehe nur mich und
meine geistigen anverwandten, all die, die es von vornher-
ein zu nichts gebracht hätten. aber wo blieben die anderen? die, von denen jetzt immer die rede sei: die russischen
oligarchen und multimilliardäre, die, deren vermögen
verschwunden sei, praktisch über nacht ausradiert, ver-
dampft, entschwunden, so wie es einst aufgetaucht sei, von
der magischen hand des marktes herbeigezaubert. also er
erwarte, dass die geschrumpften milliardäre mal langsam

hier auftauchten und flagge zeigten. aber er sehe hier keine milliardäre, er sehe noch nicht einmal millionäre. hier sehe er nur arme schlucker, die sich wer weiß was erzählen ließen. das ganze völkchen, das man andauernd mitschleppen müsse, diese neue konsumentenschicht, wie sie manchmal genannt werde. menschen, die zu gar nichts anderem mehr fähig seien als zu konsumieren, dabei könnten sie das gar nicht, weil ihnen die kohle dazu fehle. arbeitslose, die immer nur sagten: »der staat muss dies, der staat muss das.« die ständig die hand aufhielten. jugendliche, die schon zu kompletten idioten herangewachsen seien durch diese konsumentenhaltung. die nicht wüssten, dass in dieser gesellschaft nur die leistung zähle, d. h. normalerweise, wenn mal gerade nicht wirtschaftskrise sei.

also er würde jetzt wirklich gerne wissen, wo die anderen blieben. er wolle ihnen nämlich etwas sagen. er wolle sagen, sie sollten ihm nicht böse sein, dass er nicht ebenso viel geld verloren habe wie sie. er wisse natürlich, das könnten die nicht, aber sie würden letztlich einsehen, weit kämen sie nicht mit dieser einstellung, doch vielleicht dürfe er sich dann zu ihnen setzen, in ihren vipraum, den sie mit sicherheit hier gleich einrichteten.
sie sollten doch jetzt langsam mal eintreffen, einer nach dem anderen: politiker, vorstandsvorsitzende, multimillionäre. sie alle stünden auf der gästeliste, doch immer noch sei nichts von ihnen zu sehen. er habe sie ja früher alle persönlich gekannt, er habe mit ihnen sozusagen kaffee getrunken, er habe ihnen sozusagen gegenübergesessen. jetzt sagten sie, sie hätten keine ahnung gehabt, man brauche sie gar nicht erst anzusprechen, weil sie nicht

wüssten, wie das alles passiert sei. man müsse vielmehr mit den hedgefondsmanagern, den investmentbankern sprechen, aber natürlich sprächen diese nicht mit einem. da könnten politiker noch so oft das ende der arroganz ausrufen, sie sprächen mit einem nicht. oder habe in letzter zeit ein investmentbanker mit mir gesprochen?

*

na eben. er sehe die visagen noch vor sich. gewisse banker und hedgefondsmanager hielten ihre welt weiterhin für in ordnung. sie sagten, dass bei ihnen alles noch ticke. noch summe. noch brumme. und während bei denen alles ticke, summe und brumme, sitze er hier mit mir und müsse mir vokabeln erklären, mir, die ich schwer atmete, als ob ich irgendein gesundheitsproblem hätte, als ob irgendetwas nicht in ordnung wäre.

ob ich hunger hätte? durst? also er habe langsam hunger, und er vermute, dass es diesbezüglich etwas mager aussehe, weil die schulkantine dichtgemacht habe. es heiße, sie habe sich übernommen in irgendeinem nebengeschäft und sei in die insolvenz gegangen, obwohl es hier eine reißende nachfrage gäbe. aber vielleicht könne man irgendeinen deal machen, vielleicht hätte ich etwas anzubieten, um ein pausenbrot einzutauschen? also er könne langsam ein pausenbrot gebrauchen. was? ich hätte selbst ein pausenbrot und biete es ihm an? ich müsse wohl depressiv geworden sein, wenn ich in zeiten wie diesen mein pausenbrot hergebe.

nein, auch die toiletten funktionierten nicht mehr, das könne ich ganz vergessen.

insofern solle ich lieber auf meinen platz neben ihm zurückkehren, er verstehe gar nicht, wie ich auf diesen gedanken habe kommen können, jetzt aufzustehen und nach vorne zu gehen. was ich denn da vorne wolle? ich werde ihm noch probleme bereiten. man könne nicht einfach den sitzplatz wechseln, man könne nicht einfach aufstehen und nach vorne gehen, um nachzusehen, wer denn dort sei. strenggenommen dürften wir uns überhaupt nicht bewegen, die unüberschaubaren dominoeffekte, die das nach sich zöge, wenn einer von uns sich rührte, möchte er sich lieber gar nicht vorstellen. ja, was der markt jetzt gar nicht brauchen könne, sei, dass die leute in hektische bewegungen verfielen.

*

was heiße, da vorne sei keiner. es gebe niemanden. man sehe doch, da stünden welche und besprächen sich. sie wüssten im moment vielleicht auch nicht weiter, das sei richtig. aber eine eindeutige botschaft könne man derzeit ohnehin nicht erwarten. eher so ein winseln: »könnten wir nicht alle wieder miteinander geld verdienen, nein?«

aber dass da niemand sei, könne ich nun wirklich nicht behaupten. ich glaubte wohl, nur weil sie nicht permanent auf uns achteten, nur, weil sie nicht mit uns kommunizierten, sei das kein unterricht mehr? da sehe man wieder einmal, wie wenig ich verstünde von heutigen nachhilfestunden in sachen wirtschaft. ich hätte so überkommene vorstellungen. ich gehörte vermutlich zu den ewiggestrigen, die immer alles vorgesagt bekommen wollten. oder doch zu den ewig konsumierenden, die verlangten, dass ihnen alles aufbereitet werde? wahrscheinlich glaubte ich, es gebe hier endergebnisse, die man auswendig lernen könne, und dann habe sich die sache. wie bei einem fußballspiel, einem wettrennen oder einem wissenschaftlichen experiment. aber es gebe keine endergebnisse, diese nachhilfestunde gehe immer weiter. selbst wenn sie mich raustransportiert hätten. ja, selbst wenn niemand mehr da sei. wenn alle nachhilfeschüler verschwunden sein würden, sei er sich sicher, sei diese nachhilfestunde nicht zu ende. wenn alle klassenräume sich geleert hätten, wenn die stühle nur noch von den ratten bewegt werden würden und die türen einzig vom luftzug zuknallten, gehe sie weiter.

*

sicher, im moment sehe es eher umgekehrt aus, die schule sei ja überfüllt, es gebe nicht mehr für alle plätze, sagten sie plötzlich, und tatsächlich, es herrsche ein gewisses gedränge. er sei sich sicher, gleich komme der moment, in dem sie sagten, nicht alle könnten mitgetragen werden. kein wunder, dass langsam einige zu plan b übergingen. ja, nicht nur die manager und bankiers da draußen, nein, auch ganz normale leute hier drinnen. also ihn würde es jetzt nicht erstaunen, wenn beispielsweise ich dazu überginge, ich mit meiner depression. außerdem wüsste ich auch, dass meine zeit hier langsam abgelaufen sei, dass der nächste auf meinen platz hier warte und dass ich es nicht gerafft hätte. ein unangenehmes gefühl, habe er recht?

nur eines, fürchte er, könne er mir jetzt schon sagen: auf mich werde es keine unternehmensnachrufe geben, ich erreichte nicht die new york times, ich würde kein spiegelcover, noch nicht einmal eine bildschlagzeile gäbe ich her. mein ableben habe keinen nachrichtenwert. ich würde nicht einmal ganz unten vermerkt auf den selbstmordlisten, wie sie im spiegel derzeit abgedruckt würden.
er habe sich ja gedacht, man werde sie alle nicht einfach abtreten lassen. man werde all diese toten finanzmanager und pleitiers wie anno dazumal breschnew oder andropow noch herumtragen, als wären sie lebendig, damit keine panik ausbreche, und jetzt sehe es gerade umgekehrt aus. alle hätten es relativ eilig, die schon im voraus zu beerdigen.
es würden ja von tag zu tag mehr, die sich das leben nähmen, dazu seien es nicht nur einfache selbstmorde, es seien jeweils spektakuläre selbstmorde. also er habe sich über die martialischen todesarten gewundert, von denen man da lesen müsse. da mache es keiner mit tabletten, irgendeinem gift, sie alle sprängen von brücken oder vor züge, sie erschössen sich oder hängten sich auf. nein, das seien keine weicheirigen frauenselbstmorde, so still und heimlich im kämmerlein, damit es auch keiner merke, das seien keine oleander-selbstmorde von indischen bauernfamilien, die sich mit ihrem letzten geld gelben oleander kauften, um sich ein für alle mal aus ihrer wirtschaftlichen misere zu befreien, nein, das seien selbstmorde, die

noch was von der tatkraft und entschlossenheit verrieten, die das vorangegangene leben ausgezeichnet hätten. freilich, die USA hätten diesbezüglich wieder einmal die nase vorne. denn man berichte dort von inszenierten selbstmorden, selbstmorden mit theatralischen showelementen, also da werde auf spektakuläre weise ein ableben fingiert, da würden sportflugzeuge benutzt, aus denen man sich, kurz bevor sie zerschellten, per fallschirmsprung rette und den fallschirm dann zu einem in der wüste vorsorglich geparkten motorrad lenke. da würden autos an brücken abgestellt, beispielsweise an der golden gate bridge, auf deren kühlerhaube noch letzte worte in den staub gekritzelt worden seien oder abschiedsbriefe hinter windschutzscheiben geklemmt. aber hier lebten wir noch immer im alten europa, wo man mehr oder weniger deckungsgleich mit seiner behauptung sei. zumindest ich könnte das mal tun, oder wolle ich mich doch wieder einmal drücken? aber das könne er sich nicht vorstellen, schließlich wüsste ich doch selbst, diese schule könne man so oder so nur durch das fenster verlassen und jetzt sei ich an der reihe. aber wenn ich wolle, könne er gerne etwas nachhelfen.

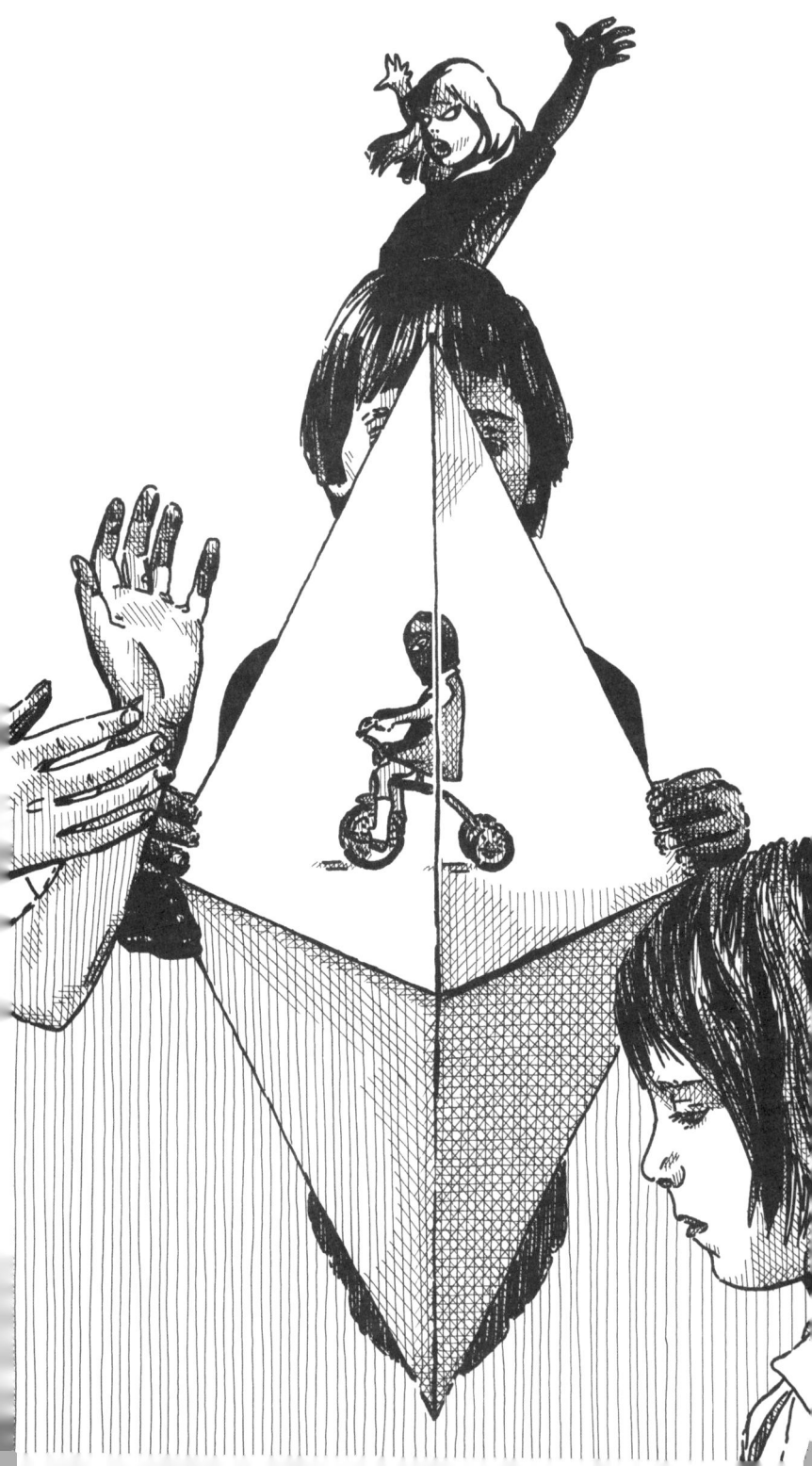

die erwachsenen

jean-paul-grundschule, freiburg-vauban, 19 uhr

sie wolle gleich von anfang an die missverständnisse ausräumen. es befänden sich schon genügend komplizierthei-
ten in diesem raum, »da fangen wir doch nicht gleich mit
einem missverständnis an!« denn das sei ein missverständnis. es verhalte sich ja nicht so, wie ich sagte − sie habe
mich nicht hierherzitiert, ich sei zu einem gespräch eingeladen worden, und ich sei dieser einladung gefolgt, wie
man sehen könne. ich brauchte das jetzt nicht umzudre-
hen und daraus einen zwang zu machen.

*

aber ich solle mich doch erstmal setzen.
ob ich nicht meinen mantel ablegen wolle?
nein?

ich könne auch gerne stehen bleiben, wenn mir das lieber
sei. sie wolle mich nur darauf hinweisen, dass es etwas länger dauern könne, außerdem störe es doch sehr die kommunikationsatmosphäre. und man sei ja hier versammelt,
um eine gute kommunikationsatmosphäre zu etablieren,
wir seien ja hier, um miteinander zu reden, nicht? dafür sei

ich doch auch immer gewesen, für das miteinander reden.
und nein, sie habe sich diesen termin auch nicht ausge-
dacht, wie ich das jetzt wohl vermutete, wir hätten ihn
gemeinsam vereinbart, nachdem der wunsch dazu von
allen seiten geäußert worden sei. sie habe sich als erste
sprecherin zur verfügung gestellt, nicht nur, weil sie hier
elternsprecherin sei und selbst an dieser schule lehrerin,
sondern auch, weil wir uns doch schon eine ganze weile
kennen würden, weil wir ja sowas wie einen draht zuein-
ander hätten.

*

»gut, kommen wir zur sache.« das alles, wie ich hier auf-
träte, zeige doch nur mein misstrauen. ein misstrauen,
das sie schon eine ganze weile beobachtet habe und das sie
nicht mehr beobachten wolle, weil es ihr immer weniger
gefalle. denn es mache vor nichts und niemandem halt.
nicht einmal vor meinem eigenen kind.

sicher, sein kind als tickende zeitbombe zu betrachten,
das falle heute vielen eltern ein. man höre ja so einiges.
von gewalt in den schulen sei da die rede, von asozialem
verhalten, kommunikationsverweigerungen, sabotageak-
ten, von unruheherden. ein jeder hier kenne das: wir
eltern stünden um unsere kinder herum und sähen zu,
wie sie sich verhielten. wir observierten sie, um eine kleine
unpässlichkeit zu finden, ein soziales nicht-funktionieren.
wir registrierten jede noch so winzige bemerkung des
lehrpersonals, mehr noch, wir versuchten sogar, das lehr-
personal anzutreiben, scheine es uns zu nachlässig, ver-

langten, dass die kinder mehr hausaufgaben bekämen, weil wir vorausschauend seien und immer an die nächste stufe dächten – also an die grundschule vom kindergarten aus, an die gymnasialstufe von der grundschule aus, an die universitätsstufe vom gymnasium aus, und an die berufliche laufbahn danach. und manchmal übersprängen wir auch einzelne stufen und blickten gleich auf das dicke ende.

wenn sie nur an all die eltern denke, die schon vor ihr gesessen hätten mit der frage auf den lippen, ob ihr sechsjähriger etwa leistungsschwächen zeige. sie zitterten mit bei jeder prüfung, sie zitterten mit bei jedem entwicklungsschritt, ob der auch gelinge. sie redeten nur noch von lernförderungen, kognitionsförderungen, motorischen förderungen – und das sei im prinzip auch in ordnung. denn niemand hier im raum wolle ein leistungsschwaches kind, ein unkonzentriertes kind, ein hyperaktives kind, ein aufmerksamkeitsdefizitäres kind. wir alle hier hätten sorgfältig die schule ausgewählt und zuvor den kindergarten, die hortunterbringung nachmittags, den kinderarzt, die logopädin und lernhilfe, wir alle seien eifrige eltern und kümmerten uns.

nein, ich brauchte keine ausflüchte zu suchen, die meisten eltern hätten panik: die grundschulpanik, die kleinkindpanik, die sozial- und leistungspanik, all die üblichen elternpaniken, die schon mal auftreten könnten, aber es spiele sich eben in einem gewissen rahmen ab. es seien sozusagen teilzeitpaniken und keine vollzeitpaniken, wie ich sie entwickelt hätte. also bei den anderen gebe es ja zwischenzeiten, sozusagen friedenszeiten, neben den kri-

senerwartungszeiten gebe es auch harmoniezeiten, ruhe-
pausen, in denen beide, eltern und kinder, ungestört
ihrem alltag nachgehen könnten. aber bei mir gebe es
diese zwischenzeiten nicht, ich überspränge diese immer,
würde gleich mit der nächsten krisenvorstellung fortfahren, obwohl ich gar keinen anlass dazu hätte. denn
während die anderen kinder ihre kinderkrankheiten über-
stünden, überstehe meine tochter keine kinderkrankheiten, während die anderen kinder ihre trotzphasen durch-
machten, mache meine tochter keine trotzphasen durch.
und ich beglückwünschte mich nicht, sondern schlüge
gleich ein neues kapitel auf, ein neues zeitbombenkapitel,
und überlegte mir etwas neues.

ich solle nicht abwehren, hätte ich doch schon vor der
geburt immer nur an alle möglichen katastrophalen
krankheiten und anomalien gedacht, ich hätte sie alle erwartet, die chromosomenschäden, die zytomegalien, die
toxoplasmosen, die verschiedensten formen des diabetes,
hörschäden, sehschäden, schluckschäden, lungenschä-
den, asthma- und allergiebereitschaften, geistige retar-
dierungen, physische unterentwicklungen, die nach der
geburt straight zu motorischen störungen führten, zu
nesselausschlägen, neurodermitis, hustenkrämpfen, atemnot, untergewicht, übergewicht, wahrnehmungsstörun-
gen und was sonst noch alles so kommen könne, nerven-
schäden, hirnfunktionsstörungen.

das kind bewege sich nicht richtig, hätte ich gleich nach
der geburt gesagt, es nehme nicht wirklich kontakt auf, es
sei sozial abweisend, lerne nicht wirklich sprechen, sein

bewegungsprogramm sei abnorm, überhaupt: »wo bleibt die kognitive entwicklung?« immer noch habe sie die bange frage im ohr, ob dies oder das noch normal sei, sozusagen noch im rahmen. ich hätte bei jeder gelegenheit anomalien gewittert, ich hätte nicht, wie normale eltern, das kind ängstlich abgemessen, abgewogen, und es dann doch lieb gewonnen, ich hätte immer weitergemessen. auf jeden messvorgang sei ein weiterer messvorgang gefolgt, als ob ich direkt etwas zu finden gehofft hätte.

*

sie bitte mich, wie oft habe sie mit mir am küchentisch gesessen und habe die szenarien durchgesprochen, die möglichen symptome. man habe ansteckungswahrscheinlichkeiten kalkuliert. ja, wie viel zeit hätten wir an gemeinsamen küchentischen verbracht über den fragen des drohenden unheils. wie viele tests habe sie mit mir gemeinsam durchgestanden? die nervosität vor dem test, die erwartung des testergebnisses, die erleichterung danach. ich hätte quasi von erleichterung zu erleichterung gelebt oder von ängstlicher erwartung zu ängstlicher erwartung.

warum sie das erzähle? weil es eine vorgeschichte sei, die vorgeschichte zu einer hauptgeschichte, in der wir alle jetzt steckten. denn so viel sei klar: ich hätte mein kind rund um die uhr als tickende zeitbombe begriffen, und sie wolle mich davon in kenntnis setzen, diese tickende zeitbombe sei jetzt endlich explodiert.

*

also eines wisse sie genau: kinder machten sowas nicht. kinder säßen nicht da und warteten beispielsweise auf die rache der natur. sie sagten nicht: »kein wunder, dass die natur sich mal rächt.« so ein statement sei aber im moment von meiner tochter zu erwarten.

gewiss, alle kinder hätten einen hang zur katastrophe. sie interessierten sich nun mal für vulkanausbrüche und dergleichen: erdbeben, eiszeiten, drohende bergstürze, spezifische unwetter, also wirbelstürme, zyklone und hurricanes, schlammlawinen, da sei nichts zu machen, das ziehe sie einfach magisch an.

sie wisse nicht, wie oft vor ihr kinder gestanden hätten, die in aufgeregtem tonfall irgendetwas von einem drohenden weltuntergang erzählt hätten, manchmal erstaunlich plausibel. ausgestattet mit einem mordswissen, das dann auf dem weg zum erwachsenwerden irgendwo auf der strecke bleibe. es sei unglaublich, mit welchem wissen die kinder heutzutage ausgerüstet würden, worauf sie zugriff hätten, nicht zuletzt durch das internet. informationen, die sie noch gar nicht richtig einordnen könnten.

*

dies hier sei eine grundschule, zu meiner information. wir befänden uns in der dritten klasse. es seien keine 14-jährigen, mit denen wir es zu tun hätten.

wie gesagt: normalerweise hätten kinder in einem gewissen alter einen hang zur katastrophe, aber es halte sich in grenzen. es gebe eine thematische beschränkung auf das, was sich kinder üblicherweise plastisch vorstellen könnten. also ich solle jetzt nicht glauben, ihr vorstellungsvermögen reiche in die tiefen einer ressourcenknappheit, in die einer potentiellen öl- oder gar weltwirtschaftskrise. nein, sie seien auf spektakuläre naturereignisse fokussiert. zudem halte sich das interesse in einem gewissen maß, da könne ich ihrer langjährigen erfahrung trauen. sicher, es gebe immer wieder kinder, die zu wissenschaftlichen fachpublikationen griffen, freilich, ohne diese wirklich zu verstehen. aber das seien schon hyperaktive kinder.

in den USA mache man kurzen prozess und verabreiche ihnen ritalin, massenweise ritalin, aber das sei die hiesige vorgehensweise nicht. bei uns gehe man ein problem nicht ausschließlich chemisch an, sondern glaube noch an den einsatz von erziehungsmaßnahmen, sozusagen an die notwendigkeit eines gewissen bezugspersonals. ja, man glaube noch an das soziale umfeld, und das sei eine errungenschaft, die auch ich sicher nicht so schnell über bord werfen wolle.

*

ich hätte wohl die schlangen in den highschools drüben nicht gesehen, in denen kinder stünden, um ihre tägliche dosis ritalin abzuholen. ich wolle doch nicht, dass das hier wirklichkeit werde? nun, meine tochter arbeite daran, könne sie nur sagen. ob mir bewusst sei, was sie alles erzähle? ob ich wisse, mit welchen leuten sie in kontakt stehe? mit welchen medizinern und medizinhistorikern sie umgang pflege, mit welchen katastrophenforschern, umweltbeauftragten, sie behaupte ja, mit ernährungswissenschaftlern und virologen zu reden, leuten vom robert-koch-institut!

meiner tochter, berichteten auch die lehrer, habe man noch nie etwas erzählen können über epidemien, pandemien, tier-mensch-virusinfektionen, über sinnvolle und sinnlose vorsichtsmaßnahmen, sie habe immer schon bescheid gewusst, bevor man überhaupt selbst habe loslegen können. sie habe immer schon von den steigenden prozentzahlen gehört, von der ankunft irgendeiner vogelgrippe in mecklenburg-vorpommern, von einem plötzlichen anstieg rätselhafter todesfälle auf flughäfen. malaria durch klimawandel? meine tochter sei informiert. viren, bakterien, autoimmunzusammenbrüche, systemische fragen? – meine tochter verfüge bereits über alle zahlen. da könne man noch so sehr einen aufklärungsunterricht versuchen, meine tochter sei immer schon einen schritt voraus. und nicht nur das – sie sei mit der art und weise, wie die lehrer das aufbereiteten, gar nicht einverstanden, sie widerspreche ihnen andauernd, behaupte, man spiele eine angebliche gefahr herunter.

*

was wisse sie, der kleinen gehe es eben nicht aus dem kopf, dass die menschheit permanent neue viruserkrankungen erwerbe, sie habe stets die steigenden zahlen vor augen, die steigende anzahl der viruserkrankungen, die steigende zahl der autoimmunstörungen, und ziehe daraus ihre schlüsse, denke sich die dazu passenden szenarien aus. z. b. dass die menschheit immer mehr autoimmunkrank-

heiten entwickle, bis eines tages sich eine art gesamtge-
sellschaftliches organversagen einstelle. oder dass die anzahl der viruserkrankungen stetig steige, bis die viren
übernähmen, den menschlichen organismus quasi nur
noch als wirtstier gerade so am leben erhielten. sie habe
irgendwo aufgeschnappt, dass sich im körper schon mehr
bakterien und viren aufhielten als körpereigene zellen,
und das lasse sie nicht mehr los. oder dass pilze und pilz-
sporen jahrhundertelang selbst im arktischen eis über-
dauern könnten! »diese pilze werden uns alle überleben!«,
sei ihr schlachtruf. sie wolle den krankheiten sozusagen
den vortritt lassen vor einem fiktiven gesundheitszustand,
den es ihrer meinung nach ohnehin nicht gebe.

*

wie? davon wisse ich nichts? ob ich sie mir einmal genauer
angesehen hätte? ob ich ihr zugehört hätte, was sie so da-
herrede? ob ich mit ihr sprechen würde? auf ihre fragen
antworten etwa? das könne man ja heute nicht mehr voraussetzen angesichts all der kampagnen, die dafür gemacht würden, angesichts aller plakataktionen vom fami-
lienministerium, der werbespots und radiosendungen,
die auf eine erhöhte gesprächsbereitschaft der kinder ab-
zielten.

wie alle eltern glaubte ich, ich kriegte alles mit, was meine
tochter betreffe. wir eltern hörten zwar von dem gewebe
der unaufmerksamkeit, das uns jederzeit überwachsen
könne, aber wir glaubten in letzter instanz dann doch
nicht, dass es uns persönlich betreffe. dass wir die seien,

die abgetrennt sein könnten von dem treiben unserer kinder. oftmals machten sich gerade diejenigen eltern die größten sorgen um ihre kinder, die am wenigsten mit ihnen redeten. die bizarre ausreden erfänden, warum sie keine zeit hätten, sich mit ihnen zu beschäftigen. sie sagten dann, sie hätten so viel um die ohren, was ja meist stimme. sie sprächen von den zeitfenstern, die sie organisieren müssten, zeitfenster für ein gespräch, eine gemeinsame mahlzeit. und die kinder sähen dann zu diesen zeitfenstern hinein und erblickten ihre erschöpften und geplagten eltern – aber immerhin könnten sie sich ein bild von ihnen machen, heiße es.

ja, die abstände würden größer. insofern könne sie mir durchaus die frage stellen, ob ich für meine tochter eine zuhöradresse darstellte oder eher eine weghöradresse. ob ich beispielsweise das alter meines kindes richtig einschätzen könne. sie habe den verdacht, ich hielte es insgeheim schon für aufgewachsen, so wie ich es behandelte, aber sie könne mich gerne darüber informieren, wie alt mein kind eigentlich sei.

*

natürlich sei das meine privatangelegenheit – aber das glaube sie mir nicht, dass ich wirklich so dächte –, das glaubte auch gerit nicht und auch nicht martin und silke. da könne ich die ganze runde hier fragen und würde keinen finden, der mir das abnehme, dass ich jetzt auf stur schaltete.

das alles sei hier ja nicht ihre einzelmeinung, das dächten auch andere, es sei beispielsweise auch mein mann, der jetzt aus ihr spreche. der gebe ihr ebenso recht wie die übrigen, und vielleicht wolle er jetzt etwas sagen, »gerit, möchtest du was sagen?« nein? schade. denn das hier solle ja nicht in einen monolog ausarten, das sei ja nicht der sinn der sache.

aber sie könne mir einfach nicht abnehmen, dass ausgerechnet ich, die ich bisher sämtliche elternpaniken mitgemacht hätte, noch keinen wind davon hätte, was hier los sei. schließlich kenne sie mich als jemanden, der vorsichtig sei, wenn auch manchmal übervorsichtig. aber niemand, der sich abkopple vom geschehen ringsum.

*

»wenden wir uns mal den facts zu! die facts sind: wir haben es mit einer regelrechten epidemie zu tun.« einer epidemie, die es im keim zu ersticken gelte, deren auslöser gefunden werden müsse. ein auslöser, der allerdings selbst nicht unter den symptomen zu leiden scheine. welcher art genau diese epidemie sei, sei schwer zu definieren. sie würde sagen, es sei mehr die grundsätzliche bereitschaft zur krankheit als eine spezifische krankheit selbst. die eltern würden jedenfalls ihre kinder nicht mehr wiedererkennen, sie entglitten ihnen, »so hast du es doch formuliert, mareike, oder?«

*

natürlich werde ich mein kind verteidigen. wer würde das nicht an meiner stelle, welche mutter wolle das nicht, und ich sei ja auch als löwenmutter bekannt. aber dennoch müsse ich einsehen, dass es so nicht mehr weitergehe. auch brauchte ich nicht zu sagen, dass meine tochter das zu hause nicht tue, ich brauchte doch jetzt keine ausflüchte zu suchen, ein kind rede nach, was es zu hause sehe und höre, das brauchte ich doch nicht zu leugnen. und da ich praktisch alleinerziehend sei –

»entschuldige, gerit!« –, sei ich verantwortlich für das, was zu hause abgehe. ein kind ahme nach. wenn es zu hause nur katastrophenerwartung kennenlerne, werde es die katastrophenerwartung mit in die schule nehmen.

*

vielleicht wolle ich es auch nicht verstehen: wir hätten es hier nicht nur mit gewaltigen aufmerksamkeitsdefiziten zu tun – die kinder hörten im unterricht nicht mehr zu –, wir hätten auch mit einem massiven auftreten psychosomatischer störungen zu kämpfen. ob mir klar sei, dass mit diesen konzentrationsschwierigkeiten anfälligkeiten für heuschnupfen und asthma einhergingen? und was sei mit den lebensmittelallergien, die rapide zugenommen hätten in den letzten monaten? plötzlich würden kinder zu husten beginnen, die vorher nie gehustet hätten. plötzlich würden kinder sich übergeben, die sich vorher niemals übergeben hätten.

und dann die eltern. ob ich an die eltern denken würde? an die eltern, die ihre kranken kinder wirklich dauernd

wiegen, messen und ihnen blutproben entnehmen müssten, nicht nur prophylaktisch, wie ich das täte. die sich mit
recht um das staubaufkommen im haushalt, den pollen-
flug oder diverse nahrungsmittelbestände sorgen müssten. eltern, die sich vor jedem schulausflug erkundigen
müssten, weil er konsequenzen nach sich ziehen könne.
ob ich an die tatsächlichen erdnuss- und erdbeerallergie-
eltern, die lactoseunverträglichkeitseltern, fructoseintol-
leranzeltern, die glucose- und die diabetesfraktion, die
gegen das jod gestimmten und für das jod kämpfenden
eltern denken würde, an die eltern mit sogenannter haut-
pflegesituation, mit atememfindlichkeitsthemen? und ob
ich an die kinder denken würde, die mit den auswüchsen
ihres zentralen nervensystems zu kämpfen hätten, den
fehlreaktionen ihres autoimmunsystems? ich werde doch
ein wenig empathiefähigkeit beweisen können? wie es mir
gehen würde, wenn mein kind dauernd abschalte, dauernd schüttelfrost kriege und ausschläge produziere?

aber gott sei dank sei das ja nicht der fall. auch wenn mit
meiner tochter etwas nicht stimme, was ich anscheinend
nicht glauben wolle.

nun gut, wir alle hielten an der normalität unserer kinder
bis zum letzten fest. wir wollten, dass sie richtig tickten,
dass sie nicht über die stränge schlügen, dass sie im ge-
schützten mittelfeld vor sich hintaperten, auch wenn wir
gleichzeitig von ihnen spitzenleistungen erwarteten, sozusagen einser-positionen. etwas, das sie durchaus wundern würde. zumal dazu ja auch noch die hoffnung auf
eine heile kinderwelt komme. eine heile kinderwelt, von
der jetzt so gar nicht mehr die rede sein könne.

was meine tochter konkret mache? meine tochter halte
eine epidemie am laufen. sie sei wie ein kleiner super-
spreader, der krankheiten austeile, sie aber nie einstecke.
mit dem unterschied, dass sie es bewusst mache, bzw.
halbbewusst, wie man für dieses alter sagen müsse.

»die facts sind: wir haben hier eine ausnahmesituation.«
ja, das seien die facts: meine tochter manipuliere die anderen kinder. sie übe ihren einfluss aus, genauso, wie ich
meinen einfluss ausübte mit meiner suggestiven art.
man habe die ganze sache auch nur durch zufall raus-
gefunden, und jetzt müsse man das unter erwachsenen
regeln. ich werde mich doch noch an die arbeitsgruppe
über »mini-machiavellis« erinnern, »wie viel durchset-
zungsvermögen braucht mein kind in der grundschule?«,
hätten wir uns da gefragt. wir seien doch die studie dazu
durchgegangen und hätten festgestellt, dass diese mini-
machiavellis eine hohe wahrscheinlichkeit hätten, in
einer täterkontinuität zu bleiben, gerade weil sie auch von
ihren eltern, die an nichts als die spätere karriere ihrer
kinder dächten, dazu ermuntert würden.
ob ich das wolle, dass meine tochter in einer täterkontinuität bleibe, ob sie weiter in ihrem manipulativen verhalten
gestärkt werden solle?

sie spreche ja nicht nur als erzieherin zu mir, sondern
auch als meine freundin, die sie doch hoffentlich immer
noch sei, auch wenn wir uns gegenwärtig in einer heik-
len situation befänden. aber wir kennten uns doch lange

genug, um miteinander einen weg suchen zu können. sie dürfe doch auf meine mitarbeit zählen? ich würde sie doch jetzt nicht enttäuschen?

*

was sie konkret mache? wie gesagt, das wisse man nicht so genau, man habe informationen ja nur aus zweiter hand. sie habe keine ahnung, was meine tochter so erzähle, also unter kindern erzähle, da dringe im moment ja nicht viel durch zu den erwachsenen. aber ihr sohn erstatte ihr gott sei dank bericht über das, was in der schule vor sich gehe. sie wisse jetzt nicht, was für ein vertrauensverhältnis ich zu meinem kind aufgebaut hätte, aber ihrem sohn könne sie jedenfalls durchaus glauben schenken.

*

das habe sie sich gedacht, dass das jetzt kommen werde. ich brauchte hier aber überhaupt nicht persönlich zu werden. ich brauchte weder sie noch ihren sohn zu beschimpfen. das sei absolut nicht notwendig. ich solle es mal so sehen: wir alle steckten in dieser merkwürdigen situation wie in einer art geiselhaft, aus der es zu entkommen gelte. man solle sich in dieser runde endlich der frage stellen, wie wir jetzt weitermachen könnten.

*

müsse man mich daran erinnern? es sei ja, wie ich sicherlich wisse, in einer anderen schule zu einer toten gekommen, und ich wolle doch nicht, dass es an dieser schule zu einer toten komme? oder wolle ich etwa warten, bis ein totes kind vorliege? ja, immer wieder habe man von schulen gehört, in denen es zu extremen erscheinungen gekommen sei. sie rede jetzt mal gar nicht von amokläufern, den drogenproblemen und der computersucht, die man heute so oft feststellen könne, nein, sie rede vom körpermanagement, das nach hinten losgehe. von entwicklungen, wie man sie beispielsweise in gymnasien in letzter zeit gesehen habe – ich erinnerte mich doch? in den medien sei die rede von einer regelrechten magersuchtsepidemie gewesen. das hätte ich doch auch schrecklich gefunden, diese magersuchtszusammenschlüsse, von denen hier aus altersgründen noch nicht auszugehen sei. obwohl gewisse entwicklungen, die bisher in gymnasien und realschulen zu beobachten gewesen seien, nun auf die grundschulen übergriffen. als hätten sie sich alle darauf geeinigt. als würden sie gemeinsam an etwas arbeiten. das wisse ich doch: sie kommunizierten, diese kinder. da könne man nichts machen. sie nutzten alle kanäle, sie chatteten, sie simsten und twitterten. und es sehe so aus, als planten sie, alles mit ihren krankheitsszenarien zu überziehen, bis ein ganzes krankheitspanorama entstehe.

sogar von einer selbstmordwelle habe man hören müssen. ich werde doch noch wissen, dass sich in einer schule in skandinavien die schüler dazu verabredet hätten – ziemlich junge schüler! aus japan werde von dem hikkikomori-phänomen berichtet, von den sich in den autismus hineinbegebenden kindern. also kindern, die für immer in ihren zimmern verschwänden – »und: sie werden immer jünger!« von den zahlreichen üblich gewordenen ritzern und ritzerinnen rede sie erstmal gar nicht. kurz: es handle sich um eine form der verweigerung, die weite kreise ziehe.

*

sie sage ja nicht, meine tochter rufe zum selbstmord auf! nein, sie mache das nicht explizit, das laufe subtiler ab. und ja, die lehrer seien alarmiert, das könne ich ihr glauben. aber solange meine tochter keine schulauffälligkeiten zeige, seien den lehrern die hände gebunden. man sei also derzeit noch auf meine mitarbeit angewiesen. ich werde doch vernünftig sein. ich werde sie doch nicht alle im regen stehen lassen. ich werde doch einfluss auf meine tochter haben und diesen einfluss geltend machen können? vielleicht aber werde sie ja auch von der falschen seite beeinflusst? ob ich mein kind von zeit zu zeit weggäbe zu anderen leuten? leute, bei denen irgendein religiöser hintergrund zu vermuten sei? ich könne es ruhig zugeben, dass ich mein kind von zeit zu zeit weggäbe, schließlich sei dies das los praktisch alleinerziehender mütter – »entschuldige, gerit!« –, andernfalls müsse sie annehmen, das sei alles meine absicht. agiere meine tochter etwa nur aus, was ich mich nicht traute?

*

sie sei nicht aggressiv, ich sei hier die aggressive. ob ich nicht wisse, dass es angst mache, wenn ich in diesem tonfall sprechen würde? ich zeigte mich ja alles in allem nicht sehr gesprächsbereit, das finde sie zwar schade, aber sie habe sowas vermutet, um ehrlich zu sein, »stimmt's nicht, silke?« sie habe sich schon gedacht, dass ich alles leugnen und nur mit aggression reagieren würde.

*

nochmals nein, das hätten wir doch schon geklärt: ich sei nicht hierherzitiert worden, wie ich das leider schon wieder ausdrückte – ich sei zu einem gespräch eingeladen worden. das seien doch zwei paar schuhe, ob ich das nicht einsehen könne? sie sei lediglich dabei, das gespräch zu moderieren, auch wenn ich es bisher zu keinem wirklichen gespräch habe werden lassen, weil ich nur mit attacken auf ihre fragen geantwortet hätte. aber ich könne gift drauf nehmen, dass die anderen sich noch an dem gespräch beteiligen würden, in das ich so gar nicht einsteigen wolle.

*

und nein, mit ökospießertum habe das ganze nichts zu tun. wie gesagt, sie rede nicht von dingen, die sich möglicherweise ereignen würden, sie rede von dingen, die sich bereits ereignet hätten und die sich jetzt gerade ereigneten, direkt vor der tür dieses sitzungsraumes.
sie müsse sagen, sie sei enttäuscht, und zwar so ziemlich. sie trete jetzt zur seite. sie überlasse den anderen das wort, nachdem ich auf ihr gesprächsangebot so wenig eingegangen sei. und ich werde schon noch sehen, wie das eine oder andere scharfe wort fallen werde.

»die facts sind«, und das sage sie jetzt in die runde: »wir haben eine mutter, die nicht kooperiert.«

»also, wer möchte noch etwas sagen?« sie habe ja stimmen gesammelt. es gebe ja eine liste von beteiligten, es gebe ja eine reihenfolge von sprechern. »saskia, glaube ich, wäre jetzt dran.«

»gerit, es wäre wirklich wünschenswert, du würdest was sagen.« es wäre wünschenswert, er würde sie unterstützen. »und heike, was ist mit dir?« sie finde es langsam lächerlich, dass sie immer für die anderen rede. sie wisse, es sei spät. man brauche sie also nicht darauf aufmerksam zu machen. sie würde auch gerne diese runde entlassen, aber das gehe nicht so einfach. man müsse doch zu einem ergebnis kommen. die sache greife ja mittlerweile um sich. es sei sogar ein lehrer erkrankt, erkrankt natürlich in anführungszeichen, denn als krankheit lasse sich das nach WHO-standards noch nicht bezeichnen. auch andere hätten sich mit sicherheit schon anstecken lassen. nicht auszudenken, was passiere, wenn sich bald die mehrzahl der lehrer nur noch im krankenstand befände. denn man wisse ja, was lehrer seien: multiplikatoren! richtig! das ganze bewege sich jetzt in richtung erwachsenenwelt!

»gerit, du brauchst jetzt nicht aufzustehen und zu gehen.« es wäre wirklich besser, alle würden hier im raum bleiben, bis ein entschluss gefasst sei. sonst heiße es am ende, sie habe die ganze sache im alleingang beschlossen.

*

und nein, es reiche auch nicht aus, meine tochter einfach von der schule zu nehmen, möglichst schnell und unkompliziert, wie es einige hier in der vorbesprechung vorgeschlagen hätten. denn dann würde in einer anderen schule dasselbe passieren. letztendlich glaube sie ja ohnehin, weiche lösungen würden hier nichts mehr helfen. nein, es gelte, das problem mit der wurzel auszureißen, und meine tochter sei nun mal die wurzel. außerdem müsse man auch den anderen kindern, die in ihre fußstapfen treten wollten, klarmachen, dass es so nicht gehe. dass ihr verhalten konsequenzen habe. und deswegen sei sie für einen klaren trennstrich, nicht nur zwischen den krankheiten und meiner tochter, sondern auch zwischen meiner tochter und mir. man müsse da etwas subtrahieren aus unserem zu starken nahverhältnis, etwas herausziehen. den stachel ziehen sozusagen, den krankheitsstachel, damit ruhe einkehre. man müsse meine tochter in quarantäne stecken.

*

um die rechtlichen konsequenzen müsse ich mir nun wirklich keine gedanken machen, dafür habe man gesorgt, da gebe es, wie ich ja sicherlich wisse, mittlerweile durchaus handhabungen, notstandshandhabungen. ich wisse ja am besten, dass die gesellschaft mittlerweile das recht habe, sich gegen ihre inneren feinde zu wehren. sie wisse zwar nicht, ob ich meine tochter danach noch wiedererkennen würde, aber ich könne sicher sein, dass sich für alle anderen alles zum guten wende.

nein, ich brauchte mich jetzt gar nicht mehr dazu zu äußern. sie finde, die diskussion habe sich erledigt. ich hätte gezeigt, ich wolle mich nicht wirklich zu wort melden, ich hätte nichts konstruktives vorzubringen. die beteiligung der anderen sei ja auch relativ schwach gewesen, diesbezüglich habe sie sich mehr erwartet, aber da auch keine gegenstimmen gekommen seien, erkläre sie die versammlung für beendet. sie nehme an, ihr vorschlag sei hiermit sozusagen durchgewunken worden.

also wenn sie mir zum schluss etwas ganz persönliches sagen dürfe: sie glaube, es sei für meine tochter an der zeit, einmal selbst krank zu werden. ja, eine ordentliche infektion könne sie auf den boden der tatsachen zurückholen. vielleicht reiche auch ein kleiner infekt, obwohl sie eher davon ausgehe, dass es mehr brauche, etwas, das sie einmal richtig umhaue, aber sie sei sich sowieso sicher, sowas in der art passiere bald. und sie habe auch schon eine ahnung, was.

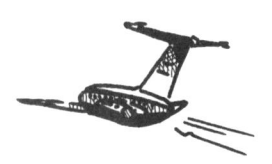

das recherchegespenst

die briefe meines bruders kommen immer an, ob mündlich oder schriftlich, ob in tiflis, in kigali, in baku, im flugzeug nach bischkek oder im flughafen von taschkent

diese geschichte spiele in berlin, hätte ich selbst gesagt, keine sorge, diese geschichte spiele nicht in ruanda, sie spiele nicht im sudan oder in algerien, sie spiele überhaupt nicht in afrika oder in zentralasien, hätte ich ihm versichert, wir müssten uns dafür nicht groß wegbewegen, sie spiele in berlin. sicher, sie rage schon mal ein paar zentimeter darüber hinaus, so landkartentechnisch, aber gehe bestimmt nicht über die schengengrenzen, sie verbleibe sozusagen felsenfest innerhalb der EU-grenzen, dafür solle gesorgt sein, hätte ich selbst gesagt.

»ja, diese geschichte spielt sich ab in deutschen wohnzimmern und biergärten, in kneipen und auf sommerterrassen«, denn es sei ja noch dazu der schönste sommer, es sei wirklich heiß in der stadt, und die lindenblüten dufteten. dazu gebe es genügend wasser, es gebe kein problem mit der stromversorgung, auch kein ehemaliges oder gar nicht so ehemaliges problem wie in georgien, das man dann kompensieren müsse mit einem erhöhten öffentlichen stromverbrauch, um es der welt und vor allem russland zu zeigen. niemand müsse mit ausfällen rechnen, niemand müsse sich auf einen heißen herbst in den baumwoll-feldern gefasst machen, auf zwangsarbeit für die export-bilanz in usbekistan oder gar auf verstrahlte zonen, quasi leukämie- oder krebszonen, deprimierende missbildungs-gebiete aufgrund der verschmutzung und austrocknung der gewässer. und niemand müsse sich auf dem weg ins büro nach der lage in der stadt erkundigen, nach den ge-genden, »wo wieder geschossen wird« und »wo mit über-fällen zu rechnen ist«.

warum sollte sie auch dort spielen, man könne ja durch-aus von hier aus alles erledigen, hätte ich gesagt und dabei mit jener hastigen und atemlosen stimme gesprochen, die er so gut von mir kenne, ganz rasende reporterin, im-mer in bewegung, immer vorneweg. das hätte ihn schon misstrauisch machen sollen, aber er habe sich davon be-schwichtigen lassen. er setze sich ja im gegensatz zu mir nicht so gerne in bewegung, er sei nahezu reiseunlustig, halte es nicht lange aus in autos und zügen und liebe es absolut nicht, auf irgendwelchen flughäfen rumzuhängen und die zeit abzusitzen, bis die maschine gehe. – nein, wir müssten uns gar nicht wegbewegen, hätte ich wiederholt, und er habe mir geglaubt. er habe gedacht, das ginge so. allenfalls müssten wir nach bonn oder wien, hätte ich nachgesetzt, vielleicht ein einziges mal nach paris, also wo liege das problem?, hätte ich gefragt, und er frage zurück: ich könne doch endlich den faden aufnehmen, ich könne doch jetzt einmal loslegen, oder habe er etwa den anfang verpasst?

aber anfänge seien wohl meine sache nicht, habe er recht? so jemand wie ich halte sich nicht so gerne damit auf, ich überspränge sie lieber und stünde dann immer gleich in medias res, mitten in den erfahrungswelten anderer leute. in denen von bankern, wirtschaftsanwälten, top-entscheidern und politikern, sicher, hin und wieder auch mal in denen von sozialarbeitern oder krankenschwestern, deren konkrete lebenswelt ich dann für meine zwecke benutzte.

aber hier würde ich um einen richtigen anfang nicht herumkommen, ahne er, schon alleine, weil es bei diesem thema so viele eingänge und ausgänge gebe, dass einem ganz schwindlig werde. »such mir doch einen hübschen anfang raus«, wisse er, würde ich jeden moment zu ihm sagen, »irgendwas zackiges, einen persönlichen einstieg beispielsweise, der das abstrakte globale geschehen mit einer lokalen einstiegsluke versieht!«, und er könne dann verzweifelt nach einstiegsluken ausschau halten.

die anfangspartyszene!, schlage er mir vor, ich erinnerte mich doch an die anfangspartyszene mit den anfangs-NGOlern, die sich in tiflis versammelt hätten, um allesamt, wie es den eindruck gemacht habe, bloß kein russisch sprechen zu müssen, geschweige denn georgisch. in der anfangspartyszene habe nur englisch und deutsch kursiert und verzweifeltes giggeln, kichern über manch absurde sinnlosigkeit der eigenen tätigkeit. also museumspädagogische dienste in einem museum zu verrichten, das langsam verfalle und seine angestellten nicht mehr entlohnen könne. physiotherapie mit ms-patienten, die einen nicht verstünden, weil sie kein englisch oder deutsch sprächen. frauenarbeit mit frauen, die nicht wüssten, was das sein solle.

doch er sehe schon, ich wolle mich nicht an die anfangspartyszene erinnern, die uns in diese geschichte hineinbugsiert habe, entweder weil sie mir zu unwichtig vorkomme oder weil wir dort nicht die richtigen leute getroffen hätten, die, auf die es sozusagen ankomme. nein, sagte ich sicher gleich, partyszenen tauchten das kommende in ein falsches licht.

ich sähe mich ja als eine art spiegeljournalistin, allerdings eine in der krise, denn nicht nur arbeitete ich ohne konkreten auftrag, auch reichten mir die bisherigen ergebnisse meiner arbeit plötzlich nicht mehr. ich wolle es mal zu einer ordentlichen hintergrundrecherche bringen, so hätte ich es zumindest einem meiner potentiellen brötchengeber gegenüber ausgedrückt, mit dem ich mich vor nicht allzu langer zeit im café einstein getroffen hätte, um die lage zu sondieren, wie ich es genannt hätte.

abgesehen davon, dass er dieses café für sondierungsgespräche aller art für absolut ungeeignet halte, habe er in meinem gegenüber nicht den potentiellen brötchengeber sehen können, der mir da vorgeschwebt sei. was habe der gesagt? dass wir keine kriegsgeneration seien, sondern vielmehr eine freie glückliche konsum-, noch dazu post-68er generation, der nun wirklich alles offenstünde. und was hätte ich darauf geantwortet? ich hätte den kopf geschüttelt und dem widersprochen, wie man eigentlich einem potentiellen brötchengeber nicht widerspreche: dass es in unserer kindheit jede menge kriege gegeben habe, den iran-irak-krieg, bürgerkriegsähnliche zustände in algerien, in sri lanka, die kongo-krise. er müsse wissen, hätte ich dann erläutert, unser vater habe in diesen ländern gearbeitet. wo auch immer unser vater unterwegs gewesen sei, habe es krisengebiete und konflikte gegeben, die dann bei uns in unserer heimatstadt, auf dem wohnzimmertisch gelandet seien.

was heiße, das interessiere hier niemanden, das wolle niemand hören? dieser wohnzimmertisch sei mir wohl auf einmal peinlich, da brauchte ich gar nicht so mit den füßen zu scharren. ja, all die charmanten und uncharmanten verlegenheitsgesten, die ich mir mittlerweile angewöhnt hätte und mit denen ich eine persönliche involviertheit verdecken wolle!

dabei brauchte ich es doch nicht plötzlich zu verheimlichen, dass unser vater in den 60ern, 70ern und 80ern in diesen ländern als ingenieur gearbeitet habe, als ingenieur für die straßen- und eisenbahnplanung. er habe noch nicht für die weltbank gearbeitet, wie das heute üblich sei, oder für die UNO, sondern meist für staatliche firmen vor ort, die es in vielen ländern gar nicht mehr gebe. heute gehörten alle leute aus dem westen, die sich da hinbegäben, einer NGO oder internationalen organisation an, würde ich mit sicherheit gleich einwerfen, weil ich im grunde schon weiter wolle. voranstürmen, wie das meine art sei, weg von dem familiären vorgeplänkel und hin zu dem NGO-hauptgeplänkel. schließlich müsse man auch in dieser geschichte ökonomisch vorgehen und sich unliebsamer vorgeschichten rasch entledigen.

und unheimlich schnell sei das ja gegangen, dass der ganze NGO-pulk, diese organisationsmenschen uns entgegengekommen seien. und zwar nicht nur in georgien, sondern auch in berlin. plötzlich seien sie um uns gewesen, diese praktikanten und praktikantinnen der entlegensten weltgegenden, menschen unserer generation, wie wir dann festgestellt hätten: grundschulfreunde, gymnasialfreunde, menschen, die einem beim sport oder in irgendwelchen arbeitsgruppen begegnet seien, die alle ihre semester da und dort gemacht hätten, ihre praktika und jobs bei amnesty oder den ärzten ohne grenzen, irgendwelchen migration policy institutes, die ihr internationales leben zwischen brüssel, genf und den nehmerländern führten, den beneficiaries, also den ländern ohne EU-karotte, wie der von seiner arbeit enttäuschte jurist es bezeichnet habe.

*

er sei natürlich davon ausgegangen, dass ich beginnen würde, gespräche zu führen, er sei von unserer alten arbeitsteilung ausgegangen, schließlich komme er ja schlecht mit den leuten ins gespräch, die freie rede sei seine sache nicht, hätte ich doch erst letztens selbst zu ihm gesagt, er würde da nur rumstottern, ihm fielen einfach nicht die richtigen fragen ein. nein, habe er mir recht gegeben, da brauche es schon meine art zu reagieren, nachzuhaken, es brauche meine art, die leute festzunageln. er sei ja mehr für das technische equipment zuständig, für die organisation, den ganzen hintergrundkram.

insofern frage er sich, ob ich schon mit der kriegsreporterin gesprochen hätte, mit der ehemaligen kriegsreporterin, die ihren job an den nagel gehängt habe. gerade eben noch sei ich ihr doch gegenübergesessen, bei einem amnesty-abendessen gegenübergesessen und hätte an einem schnitzel gearbeitet, wie ich an einem schnitzel arbeiten würde, wenn ich im grunde vom essen abgelenkt sei und mich auf ein gespräch konzentrieren wolle. und er habe sich gefragt: »warum beginnt sie dieses gespräch jetzt nicht?« aber nein, ich hätte krampfhaft einen bissen nach dem anderen in meinen mund geschoben und zugehört, wie die sich mit ihrem gegenüber unterhalten habe. er meine, ich hätte doch nachfragen können, ich hätte ja nicht gleich in die vollen gehen müssen und blutgeschichten fordern, wie es der kriegsfotograf ein paar tage zuvor ausgedrückt gehabt habe – dabei wäre es so einfach gewesen: ein gespräch beginnen, mich erkundigen, wie man dazu komme, also wie man in diese länder überhaupt hineinkomme, wie das laufe, mit welchen schwierigkeiten man zu rechnen habe. der kampf um die visa und aufenthaltsgenehmigungen wäre doch schon ein anfang gewesen. wenigstens um einen gesprächstermin hätte ich sie bitten können, wenn ich schon nicht in der stimmung gewesen sei, dort mit ihr zu sprechen. so wie ich das früher gemacht hätte, und »was ist das jetzt?« jetzt sei die kriegsreporterin sozusagen vollständig nach hause gegangen, und mit nach hause gegangen seien all die schönen geschichten, die wir doch brauchen könnten. also sowas wäre mir früher nicht passiert! früher seien sie mir nie entwischt, die kriegsreporter und -reporterinnen, im gegenteil, er habe sich ja oft gefragt, wie ich sie dazu habe

bringen können, mir jedes mal rede und antwort zu
stehen.

*

und ja, natürlich habe er vorschläge, er habe sogar konkrete vorschläge, er habe mich immer unterstützt, das
wisse ich doch – klar, er habe einige korrekturen anzubrin-
gen, er würde mich gerne auf den rechten weg zurückfüh-
ren, auf meine anfangsfährte, in meine ursprüngliche
stoßrichtung. er habe ja das gefühl, ich verlöre ständig
den track, man müsse mich immer wieder aufs richtige
gleis setzen.

*

na, katastrophenhilfe, humanitäre einsätze, kriseninter-
vention! das seien doch die drei großen überschriften gewesen, mit denen auch wir letztlich angetreten seien. oder
ganz einfach die frage: »was machen all die westler hier?«,
die wir uns beispielsweise in georgien gestellt hätten. die
beobachtung einer neuen klasse, die sich in tiflis, in bischkek und in sarajewo zeige. eine klasse – zumindest sei das
mein begriff gewesen, er hätte lieber den begriff milieu
verwendet –, die ihre restaurants, bars, wohnungen, hotels,
autos, schulen und medizinische versorgung überallhin
mitschleppe. einrichtungen, die anscheinend nur ihnen
vorbehalten seien. es sei doch dieses erstaunen über einen
neokolonialismus gewesen – wieder eine meiner formulie-
rungen, die er jetzt aufgreife –, den man sich für diese be-
rufszweige, die man traditionell mit idealismus, mit gut-

menschentum in verbindung bringe, nicht recht habe vorstellen können. und plötzlich zeigten sich karriereläufe,
geldtöpfe, interessens- und arroganzverhältnisse.

er erinnere sich gut: ein gefundenes fressen, hätte ich gesagt, was er damals nicht sofort verstanden habe. »das ist
doch wahnsinnig interessant!« dem müsse man doch nachgehen!, hätte ich hinzugefügt, weil er nicht gleich darauf
reagiert habe. jetzt sei mein interesse wohl versickert.

*

na gut, dann reiche er mir keinen strohhalm mehr, wie
das in letzter zeit seine art geworden sei, wie eben den
kosovo-strohhalm, den ich bisher immer noch gerne aufgegriffen hätte – also die anekdote, dass es im kosovo nach
dem krieg zig radiostationen gegeben habe, weil diese von
den internationalen organisationen unterstützt worden
seien, weil, wie die ehemalige OSZE-beauftragte es in jenem
wiener kaffeehaus formuliert habe, der typ im kashmere-
pulli in new york sich das eben so vorstelle mit der medien-
freiheit. zu jener zeit sei vermutlich auf fünf einwohner
eine radiostation gekommen, habe diese OSZE-medienfrau
gewitzelt, die dafür zuständig gewesen sei, den leuten vor
ort das notwendige know-how zu vermitteln. ihre schütz-
linge seien natürlich bei der erstbesten gelegenheit mit
diesem know-how abgehauen, um in sofia oder sonstwo
einen soliden job zu ergattern, oder sie hätten sich wieder
anderen dingen zugewandt, nachdem die internationalen
geldhähne zugedreht worden seien. verständlich.

es habe doch spaß gemacht, mit der beauftragten zu reden, das brauchte ich nicht zu leugnen. ach ja, er habe ganz vergessen, zu dem zeitpunkt sei ich ja noch nicht dabei gewesen. ich hätte sie warten lassen, mich durch ihn vertreten lassen. erst in letzter sekunde sei ich angerauscht, als die dame schon wieder habe gehen wollen. ich sei dann vom hundertsten ins tausendste gekommen, was ihn schon so ziemlich gewundert habe – wo sei mein packender zugriff geblieben, den er von meinen gesprächen mit den brokern, den börsianern und den neuen unternehmern her kenne? aber er sei froh gewesen, dass ich überhaupt in die gänge gekommen sei. endlich mal ein anfang, habe er sich gesagt, ein gesprächsanfang. sicher, ich sei gleich wieder vom rechten weg abgekommen, hätte plötzlich über das antragswesen gesprochen, von dem ich in georgien gehört hätte, dass sich dort zahlreiche kleine lokale mini-NGOs bilden würden, familienunternehmen, die nichts täten, als anträge zu den jeweils opportunen themen zu schreiben, um internationale gelder abzuziehen. sie täten nichts, als berichte zu schreiben, berichte zu schreiben, berichte zu schreiben – »wie zu sowjetischen zeiten!«, hätte ich ausgerufen, aber da habe aus mir schon jene georgische gesprächspartnerin gesprochen, die ich hier unerwähnt lassen wolle, weil diese keiner organisation angehöre und deswegen nicht hineinpasse in diese geschichte. eine einfache bürgerin von tiflis komme bei mir nicht vor.

aber mal ganz abgesehen davon, dass wir uns gar nicht so sehr für die leute vor ort hätten interessieren wollen bzw. für die abhängigkeit vieler lokaler NGOs von den großen internationalen organisationen, sondern mehr für die europäer und amerikaner, die sich in letzteren tummelten, abgesehen davon hätte nicht ich sprechen, sondern mein gegenüber zum reden bringen sollen. und was hätte ich jetzt eben gemacht? ich hätte über die probleme der internationalen bei der auftragsakquise doziert, ich hätte vorträge über deren abhängigkeit von den medien und politischen verhältnissen gehalten, ich hätte erläutert, dass im humanitären bereich modeströmungen ebenso wie überall diktierten. man denke nur an die gender- und klimawandelthemen, die wir beispielsweise in kirgisistan angetroffen hätten, hätte ich meine ausführungen geschlossen. ja, solche dinge hätte ich der frau von der GTZ erzählt oder der mitarbeiterin der UNO, dinge, die sie doch eigentlich hätten wissen müssen – ich hätte wertvolle minuten vergeudet. und so habe er auch jetzt andauernd das gefühl, er müsse mich unterbrechen, er müsse mich daran erinnern, dass wir eigentlich strategisch hätten vorgehen wollen. wo bleibe der themenzuschnitt, auf den man sich anfangs geeinigt habe?

*

ob er es mir wirklich sagen müsse: das zurückkommen sei unser zentrales interesse gewesen. »wie geht das mit dem zurückkommen?«, und was hätte ich gemacht? hätte ich auch nur einem meiner gesprächspartner diese frage gestellt, wie man wieder ankomme, im westen, in mitteleuropa, zu hause, nachdem man so viele jahre in übersee verbracht habe, wie man das früher gesagt habe, in den gebieten, in den schwierigen ländern? nein, das hätte ich

nicht getan. ich hätte über alles andere als das zurückkommen geredet, ich hätte das thema richtiggehend ver-
mieden.

und wann habe das begonnen, dass es für mich immer
wichtigere termine gegeben habe, als die, die wir gerade
wahrgenommen hätten? irgendwann sei ich stets dem
nächsten termin hinterhergehechtet, sei aufgestanden,
um im nebenraum wichtige handygespräche zu führen,
hätte ihn den gesprächskram erledigen lassen, wie ich es
immer öfter formulierte. und so habe er für mich die plötzlich unwichtig gewordenen gespräche beendet. er sei mit
den plötzlich unwichtig gewordenen leuten in restaurants
und cafés sitzen geblieben, während ich in nebenräumen
die wirklich wichtigen gespräche organisiert hätte, die da
kommen würden. doch kaum seien diese da gewesen, sei
ich schon wieder verschwunden, um angeblich wichtigere
leute zu kriegen, hauptgesprächspartner sozusagen. mit
den nebengesprächspartnern habe er sich derweil neben-
gespräche über das zurückkommen führen gehört. etwas,
das mich plötzlich ziemlich kaltgelassen habe.

dabei sei das zwischen uns vereinbart gewesen, das zurückkommen. immerhin seien wir seit jeher von zurückkommenden umgeben gewesen. schon unser vater, um
mal bei seinem anfangsbeispiel zu bleiben, sei im prinzip
auch einer gewesen, der dauernd zurückgekommen sei:
aus burundi zurückgekommen ende der 60er, aus dem
diktatur-indonesien anfang der 70er, aus algerien in den
70ern und anfang der 90er, als es dort brenzlig geworden
sei, des öfteren aus dem kriegsirak der 80er, aus dem bür-

gerkriegs-sri-lanka mitte der 80er. er sei sozusagen ein gro-
ßer zurückkommer gewesen. er könne jetzt nicht sagen,
ob es jedes mal unterschiedliche arten des zurückkom-
mens gewesen seien, gelandet sei er jedenfalls immer am
selben platz an jenem wohnzimmertisch. was man von
den heutigen zurückkommern nicht mehr erwarten
könne. irgendwann sei er jedenfalls endgültig zurückgekommen und habe sich an unsere heimatstadt in einer
weise gewöhnt, wie er es zuletzt mit algier gemacht habe,
hätte ich jedenfalls gesagt und gelacht, vermutlich, weil
mir der kontrast zwischen den beiden städten so groß erschienen sei. und jetzt lachte ich nicht mehr, als ob die dis-
krepanz sich erledigt hätte.

natürlich hätte ich mich nur menschen zugewandt, die
man als gegenwärtig zurückkommende bezeichnen könne.
vermutlich, weil sie aktueller seien, und das aktuelle sei
nun das, was interessiere, sozusagen das a und o der re-
cherche. nur leider seien die zurückkommenden nicht so
zahlreich gewesen wie die aufbrechenden, da habe eine
gewisse asymmetrie geherrscht. es habe so ausgesehen, als
ob man die wiedereingliederer, die abspringenden, die
drop-outs immer erst suchen müsse. es sei erstaunlich gewesen, wie viel lieber menschen von ihren aufbrüchen
geredet hätten als von ihrer heimkehr.

dabei könne man ja, so habe er sich ausgemalt, unter-
schiedlichste kategorien von zurückkommenden ausfindig machen. nicht nur könne man unterscheiden, aus welchem typus land jemand heimkehre, sondern auch, ob
dies nach drei monaten oder fünf jahren geschehe, denn

das mache einen unterschied, wie man an unserem agraringenieur aus ecuador sehen könne, der sieben jahre für
den deutschen entwicklungsdienst gearbeitet habe.

aber ich hätte mich ja von anfang an in den demokratieex-
port verknallt gehabt, und auf diesem feld gebe es ohnehin
nur kurzfristig zurückkommende, weil die im gegensatz
zu den menschen in der entwicklungszusammenarbeit
nur strategische kurzaufenthalte unternähmen, die für
unser thema nicht so wahnsinnig viel abwürfen. wahrscheinlich hätte ich deswegen den kakaobohnenexperten
ad acta gelegt, den kakaobohnenexperten, den er, je länger er überlege, für einen der interessantesten gesprächspartner gehalten habe.

*

nein, er sage nicht, dass das falsch sei, was ich machte, er
sage nur, dass ich, wenn ich mich schon vertreten ließe,
ihn ruhig hätte briefen können. wie man das mache, wie
man sie nicht alle entkommen ließe, so inhaltlich, er
lasse sich immer ablenken von den abenteuer- und helden-
erzählungen aus ihren arbeitswelten, geschichten sozusagen mit joseph-conrad-heiligenschein. er falle immer darauf rein, aber er sei so aufgeregt, dass man ihm das alles
berichte, das kriegten die natürlich alle mit, und dann
erzählten sie ihm das blaue vom himmel. »die geschichte
vom fliegenden uhu!« habe es die kosovo-expertin genannt
und gelacht. er habe den gesprächspartnern jede menge
durchgehen lassen, das wisse er, er habe sie mitbestimmen
lassen, wohin der hase laufe. das ginge schon gar nicht!,
werde ich vermutlich jetzt sagen, er würde die leute nicht

festnageln, er würde ihnen die widersprüche nicht vor den latz knallen, und doch: auch aus seinem material hätte sich was machen lassen.

*

bitte, dann sage er es statt meiner: das begrüßungsritual der ärzte ohne grenzen hätte ich mitnehmen können. mit dem hätte ich sogar beginnen können, mit dem gong-schlag als begrüßung im gang und der feierlichen erzähl-stunde der zurückgekehrten im hinteren Raum danach. diese form der ritualisierung hätte mich sonst auch im-mer interessiert, darauf sei ich stets heiß gewesen, und was machte ich? ich wiederholte, was ihm die praktikan-tin über zettel berichtet habe, die man bei arbeitsbeginn unterschreibe. dass man nichts über die organisation erzählen dürfe, so nach dem motto: es solle nichts nach außen dringen. zugegeben, er habe diese praktikantin ja auch einfach weiterreden lassen, über die heikle öffent-lichkeitstechnische abschottung wegen der spendengel-der, und er habe sich ihre persönliche einschätzung auch noch angehört, die ja, so würde ich normalerweise auch sagen, nicht von interesse sei.

oder das phänomen des verbuschens, das ich doch jetzt sicher nicht unerwähnt lassen wolle, das phänomen des verbuschens, von dem ihm ein bonner arzt erzählt habe – also die tatsache, dass ärzte durch ihren langen aufent-halt in einem krisengebiet verbuschen könnten und dann schwierigkeiten hätten, sich nach der langen zeit der alleinentscheidungsverantwortung wieder an die hierar-

chie und arbeitsteiligkeit in einem westlichen krankenhaus zu gewöhnen. wie da eben falsche gewohnheiten ent-
stehen könnten – was heiße falsche –, nicht auf die west-
liche situation passende. und wie man zurückschrecke
vor so einem verbuschten arzt in den krankenhäusern
in deutschland, ganz im gegensatz zu england, wo ver-
buschte ärzte geradezu gefragt seien, weil sie einen ganz
anderen begriff von medizin hätten, den man als berei-
cherung der eigenen verhältnisse erlebe. weil sie unter ex-
trembedingungen arbeiten könnten, in denen ihre rein
westlichen kollegen versagten. dieses verbuschen hätte
mir doch große freude bereitet.

und wohin hätte ich seinen agraringenieur verschwinden
lassen, den agraringenieur mit seiner kakaobohne, die
er gar nicht mehr brauchen könne nach seiner rückkehr
aus ecuador? der sei doch direkt von so einem wiederein-
gliederungsinstitut zu unserem gesprächstermin gekommen, von diesem förderungswerk, das den ehemaligen
mitarbeitern des deutschen entwicklungsdienstes zur verfügung stehe. dieses förderungswerk, das ihm auch nicht
großartig habe helfen können bei der arbeitsplatzvermitt-
lung, denn der mitarbeiter dort habe ihm auch nur jobs
in der schokoladenindustrie ausfindig gemacht, und das
habe er nicht gewollt, diese schokoladenindustrie. also
nach jahrelangem coaching der ecuadorianischen bauern
zu mehr selbstständigkeit und unabhängigkeit sich plötzlich in jenem lukrativen teil der wertschöpfungskette der
kakaobohne wiederzufinden, der diese bauern abhängig
halte.
und jetzt? jetzt müsse er sich vor jeder hiesigen it-sau in

seinem bekanntenkreis rechtfertigen, was er in ecuador gemacht habe, einerseits, weil der ruf der entwicklungshilfe mittlerweile so schlecht sei – alles nur abzocke! –, und andererseits, weil er nicht abgezockt habe: »wo bleibt deine karriere, junge!«

überhaupt, was müsse er hier lesen? von lauter verpassten gelegenheiten lese er in dieser geschichte. oder warum lese er nichts von dem aus tansania zurückgekommenen architekten und seiner wut? ich werde mich doch an den französischen architekten erinnern, den wir in paris getroffen hätten und der die deutlichsten worte von allen gefunden habe für die sinnlosigkeit seiner arbeit? er sei ja einer von denen gewesen, die meinten, man würde als humanitärer arbeiter mehr schaden anrichten als sonst was: lokale märkte zerstören, schwache infrastrukturen beanspruchen, gelder abziehen, an der falschen stelle ausgeben, hauptsächlich für den eigenen organisationserhalt. und was sei mit dem ethnologen, der uns aufgeklärt habe über die massen an hilfswütigen in banda aceh, die nach dem tsunami eingetroffen seien? wie sie die immobilienpreise dort kräftig nach oben gedrückt hätten. da seien schnell aus 50-dollar-mieten 5000-dollar-mieten geworden.

und nein, er wisse auch nicht mehr, wer es gewesen sei, der gesagt habe, man müsse eben präsent sein als organisation bei so einem tsunami, schon aus öffentlichkeitstechnischen gründen. und wer es gewesen sei, der über die charitywütigen ein-mann-organisationen geschimpft habe, die sich aus irgendeiner provinzstadt aufgemacht hätten und sich dann vor ort nicht etwa bei der UNkoordinationsstelle meldeten oder auch nur das sphere book, jenen UN-ratgeber des humanitären einsatzes, konsultierten, sondern ohne sinn und verstand reispakete über dörfern abwürfen – all der politische diskussionsstoff, den man unserer geschichte unterjubeln hätte können. ich sei doch fasziniert gewesen von den ganzen widersprüchen, von all den kleinen schwarzen löchern, die da produziert würden und kapital und menschliche ressourcen in sich hineinsaugten, schwarze löcher, die dann das enttäuschungsamalgam der zurückgekehrten bildeten.

und wo bleibe unsere hauptfigur? warum lese er nichts von unserer hauptfigur? schon wieder sei ein kostbarer moment vergangen, in dem ich meinen sozialsöldner hätte einführen können. ich werde mich doch an den sozialsöldner erinnern, der ausgemacht gewesen sei zwischen uns als hauptfigur? »sozialsöldner«, dieser schöne begriff von unserem verbuschten arzt über kollegen, die erst gar nicht zurückkommen könnten, sondern sich von job zu job hangelten, ob kongo, tadschikistan oder weißrussland. sei es, weil sie in europa nichts mehr verloren hätten oder weil der europäische arbeitsmarkt nichts mehr für sie hergebe. er wisse genau, wie heiß auch ich auf einen sozialsöldner gewesen sei, andauernd hätten wir überlegt, ob man diesen oder jenen schon als sozialsöldner bezeichnen könne, nur als wir dann tatsächlich vor einem sozialsöldner gestanden seien, hätte ich es nicht glauben wollen.

warum würde ich ihn jetzt partout nicht erwähnen? ich machte ja einen riesenbogen um ihn, als würde ich ihn um keinen preis wiedertreffen wollen. dabei sei er doch ein gefundenes fressen gewesen, so zumindest hätte ich ihn bezeichnet, den menschen in bischkek, den wir zufällig auf der straße kennengelernt hätten, quasi von westler zu westler, wie man das selbst in kirgisistan so mache, was mich äußerst belustigt habe: »kennen wir uns nicht?« – »aus wien? aus berlin?« – »und was führt sie hierher?« eigentlich dürfe er gar nicht mehr hier sein, habe er gesagt und gelacht. ich hätte das gleich erkannt, das typische lachen der menschen, die den zynismus ihres gewerbes wie einen bauchladen vor sich hertrügen. ein dro-pout des demokratiecxportes?, hätte ich gleich gefolgert. – ja, ja. er habe keinen job hier zur zeit, d.h. seinen job bei einer internationalen organisation habe er verloren, weil er nicht genügend geld ausgegeben habe, und seine NGO sei gekidnappt worden von einem ehemaligen mitarbeiter, der habe idee und konzept geklaut und sich die kontakte unter den nagel gerissen. wunderbar, hätten wir uns gesagt, ja, auch ich sei einen moment lang begeistert gewesen, was sich dann ziemlich schnell geändert habe. dabei hätte im grunde er einen riesenbogen um den sozialsöldner machen sollen, und nicht ich, schließlich sei er es gewesen, der ihn habe ausbaden müssen. ich hätte mich ja ziemlich schnell vertschüsst.

sei er mir etwa peinlich geworden? sicher, auch er würde ihn in dieser geschichte nicht noch einmal durch jenes internationale restaurant laufen und visitenkarten verteilen lassen.

ich brauchte doch nicht so zu tun, als erinnerte ich mich nicht an dieses internationale restaurant gleich beim parlament, gleich beim theater und kunstmuseum, dem innerstädtischen postsowjetischen ensemble der repräsentation, in dem wir gelandet seien, weil sie dort alle säßen, die internationalen entscheider und verteiler, die gerne das zigfache bezahlten, um unter sich zu sein. nein, wir würden ihn nicht mehr von seinem stuhl aufspringen und visitenkärtchen an irgendwelchen tischen verteilen lassen, wo abgeordnete, minister, high potentials, chefverhandler zu abend essen würden, die er angeblich kenne oder gekannt habe oder gerne kennenlernen würde. wir könnten ihn unmöglich in seinem akquisetaumel zurücklassen, der mich doch ein wenig an mich selbst erinnern müsse. jede sekunde seiner existenz habe der versucht, einen job zu ergattern, ein projekt aufzureißen, geldgeber für seine ideen zu finden. wir würden ihn schon an unseren tisch zurückholen müssen, an dem wir eigentlich mit einer kirgisischen regierungsmitarbeiterin verabredet gewesen seien und ihn von seinen projekten reden lassen, was gegenüber der kirgisin ziemlich unhöflich gewesen sei. doch an kirgisistan und dessen realer situation sei ich ja ohnehin nicht wirklich interessiert gewesen, habe er feststellen müssen. plötzlich sei ich aufgesprungen und aus dem lokal gerannt. ich sei vor dem sozialsöldner regelrecht weggerannt, wie man nur wegrenne, wenn man sich selbst in einem zerrspiegel sehe. als stünde da ein gespenst, ein unheimlichkeitswesen.

er sei doch unsere hauptfigur, habe er auf der nächtlichen straße mir nachgerufen, und ich hätte mich nur umgedreht und gesagt: ich sei gegen hauptfiguren, was überhaupt nicht ausgemacht gewesen sei zwischen uns.

dabei wisse ich doch selbst: eine hauptfigur dürfe man nicht so verprellen, auch wenn sie einem peinlich sei, wenn man sie nicht mehr aushalte, denn sie könne uns hier rausholen. jener menschliche rote faden, den es doch immer brauche in diesen geschichten. der menschliche rote faden, über den alles laufe und über den sich sogar strukturen erzählen ließen – aber ich mitten in bischkek und gegen hauptfiguren. schön und gut, habe er sich gesagt, nur: ich werde den doch nicht umsonst kennengelernt haben? ich machte doch nie etwas umsonst. wo ich was investierte, da solle auch was rauskommen, ich würde doch auch niemals wege doppelt ablaufen, gespräche ineffizient führen. wo ich meine aufmerksamkeitsenergie reinsteckte, da wolle ich sozusagen zinsen sehen, aufmerksamkeitszinsen. das habe er immer bewundert, meine zielgerichtetheit und effizienz. und jetzt? ein einziger recherchepotlatch, den er da wahrnehmen müsse. ich saugte informationen in mich hinein und ließe sie dann im unendlichen raum, der sich hinter geschichten auftue, verpuffen.

*

»und wenn schon?« nein, so müsse ich ihm nicht kommen, er könne auch andere saiten aufziehen. er müsse wohl einen zacken schärfer argumentieren – ob ich glaubte, mir könne nichts passieren? meine zeit laufe ab, könne er mir nur sagen. und ein bisschen was müsse ich hier schon selbst machen, denn langsam falle es auf. er könne ja schlecht auf dauer statt meiner reden, er könne nicht der permanente stellvertreter sein, der lückenfüller, während ich mich zurückzöge und streikte.

ob ich glaubte, ich könne einfach die gemeinsame fährte verlassen und ihn im regen stehen lassen? eines sei klar, er mache nicht die escape goat für mich – auch so ein schöner begriff einer lokalen kirgisischen NGO-mitarbeiterin. diese ziegen, die in den verwickelten organisationsstrukturen gezüchtet würden, für den fall, dass etwas schiefgehe, auf die man dann mit dem finger zeigen könne und sagen: »die sind schuld!« meist seien es die abhängigen kleinen organisationen, die den planungswahnsinn der größeren auszubaden hätten und die dann für diese vor deren geldgebern als entkommensziegen fungierten. aus diesem grund bekämen diese kleinen organisationen von unternehmensberatungen ein konzept auf den tisch geknallt, das absolut unumsetzbar sei, weil es immer dasselbe konzept sei: ob in afghanistan, tadschikistan oder aserbaidschan. und die verantwortung bleibe dann bei ihnen, so die mitarbeiterin der lokalen NGO, die es satt gehabt habe. und er habe es jetzt auch satt, wenn ich glaubte, dass ich so eine ziege aus ihm machen könne.

*

nein, das glaube er jetzt einfach nicht, dass ich das machen wolle, aus meiner geschichte ausreisen, bevor sie überhaupt jenen dramatischen wendepunkt erreiche, ja »wo gibt's denn sowas?« sicher, es sei meine entscheidung, ob ich weitererzählen wolle oder nicht. aber ich wisse doch, was passiere, wenn ich aufhörte. da brauchte ich nicht die drohung eines sultans wie seinerzeit bei scheherazade, wir müssten ja nicht einmal von einem chef sprechen, denn ich sei ja mein eigener chef. um mich selbst zu

zitieren: ich könne mich ganz selbstständig für eine fort-
führung der geschichte entscheiden oder gegen sie und
müsse natürlich dann die konsequenzen tragen, wenn
letzteres der fall sei. konsequenzen, die er lieber vermie-
den gesehen hätte, denn er hänge ja an mir, auch wenn ich
das im augenblick nicht so sehen könne. und nicht nur er
– denn was machte ich mit all meinem personal? ich
könne nicht aus der geschichte ausreisen und ihr personal
zurücklassen, das orientierungslos darin herumlaufe, bis
irgendjemand komme und es wieder aufklaube. und wer
könne das sein? er sicher nicht.

*

was ich damit meinte, er könne mir gerne das wort entziehen? wie solle man jemandem das wort entziehen, der
nicht spreche? überhaupt: das klinge ja so, als ob er mir immer das wort entziehen würde, das brauchte ich nicht zu
suggerieren.

*

natürlich lasse er mich ausreden, d. h., er hätte mich gerne
ausreden lassen, aber er ahne, ich steuerte auf das ende
zu, ein ende, das er so nicht akzeptieren könne.

*

was heiße hier: »schluss ist schluss!« irgendwann müsse
schluss sein? ich könne doch nicht einfach schluss machen, nur weil ich erschöpft sei. er akzeptiere dieses ende

nicht. das ende sei doch das ergebnis einer geschichte, dort, wo sozusagen ihr mehrwert abgeschöpft werde, ein menschlicher mehrwert sozusagen, aber natürlich auch ein ökonomischer. da komme das noch zusammen. von wem, wenn nicht mir, habe er das gelernt? aber an formen des mehrwerts sei ich wohl gerade nicht interessiert, geschweige denn an dem zusammenkommen von ökonomie und menschlichkeit. ich sei einzig daran interessiert, hier rauszukommen. doch um mein interesse gehe es längst nicht mehr, das zumindest würde ich wohl langsam begreifen in jenem gewahrsam, in den ich mich durch meine starrköpfigkeit hineinbugsiert hätte und an dem er keineswegs schuld sei, wie ich etwa annehmen würde. er habe keine palastrevolte angezettelt, er habe nur seine zuträgerschaft für scheherazade für beendet erklären müssen. er habe mich nicht wieder raushauen können aus dieser situation, die ich durch meinen streik herbeigeführt hätte, mit meinem »schluss ist schluss«. jetzt seien ihm die hände gebunden. nach dem ende unserer geschichte könne er schließlich nur mehr meine feedback-schleife sein, also der stellvertreter für all die leute, die jetzt unruhig würden. die zu hause auf ihren sesseln zu rutschen begännen, auf ihren kanapees und beifahrersitzen ihrer komfortablen autos auf dem weg zur arbeit. menschen, die sauer würden über meinen abgang. ich wisse doch, wozu diese leute fähig seien, wenn ihre unruhe überhandnehme. sie würden fragen, warum in dieser geschichte von deutschen waffenexporten nicht die rede sei, warum ich die menschenrechtsfragen nicht erwähnt hätte, oder warum ich nicht endlich hier auftauchte am flughafen in taschkent, dort, wo sie anscheinend alle auf mich warteten, weil sie hier das ende erwarteten.

*

wie? müsse man mich an usbekistan erinnern? er mache das gerne, obwohl er wisse, an usbekistan wolle ich mich nicht erinnern, so wie es aussehe, ich wolle es vergessen, selbst wenn ich noch mittendrin sei. usbekistan deprimiere mich, und ich wolle mich derzeit nicht deprimieren lassen. ob ich mich deswegen bei abstrakten fragen aufhielte?, frage er sich, und wer müsse dann die konkretion absitzen? doch wohl nicht wieder er?

*

diese geschichte spiele in berlin, sie spiele nicht in usbekistan oder ruanda, so sei es vereinbart gewesen, also könne er es unmöglich sein, der jetzt am taschkenter flughafen sitze und darauf warte, dass etwas geschehe. dass die maschine starte und ihn endlich zurückbringe nach europa. er könne es nicht sein, der dieses gespräch mit jenem zugegebenermaßen äußerst sympathischen hydrologen aus den niederlanden führe, der auf den hübschen namen onno höre. er arbeite für die weltbank, erzähle der gerade, und komme eben von den baumwollfeldern zurück, wo er in zusammenarbeit mit den kommunen und bauern am alten maroden sowjetbewässerungssystem gearbeitet habe, dessen mieser zustand mit schuld an der austrocknung des aralsees sei. ja, warum befinde er sich plötzlich in dem baumwollgespräch, während von mir nichts mehr zu se-

hen sei? dem baumwollgespräch über jene zwangsarbeits-
baumwolle, die usbekistan als nummer-eins-exportartikel
erzeuge und für deren ernte jegliche studenten, schüler,
arbeitslose städter oft monatelang herangezogen würden,
eine schweißtreibende und schmutzige arbeit. die zwangs-
arbeitsbaumwolle, die sicher am ende in form eines t-shirts
bei uns lande, jetzt aber im gespräch stehenbleibe neben
dem bewässerungsproblem der bauern, von denen der ver-
treter der weltbank unaufhörlich sprechen müsse in dieser abflughalle, in der es nicht und nicht weitergehe, weil
der rückflug verspätung habe. dieser rückflug, mit dem
alle hier im raum rechneten, eingeschlossen er selbst.
doch nein, er könne es nicht sein, denn schließlich sei unsere geschichte schon längst vorbei.

nur, warum habe er trotzdem das gefühl, er stecke in einer
zeitschlaufe, und zwar in einer zeitschlaufe, in der sich
immer mehr von diesen internationalen einfänden, die
miteinander zu sprechen begännen und zynische bemerkungen über das land machten, mit dem sie gerade geld
verdienten. »just another backyard country«, habe zumindest gerade der amerikaner neben ihm gesagt, der im ma-
nagement einer sich hier ansässig machenden fluggesell-
schaft arbeite. in dieser lounge stammten wieder einmal
alle aus dem westen, und sie sehe ja auch aus wie für den
westen gemacht, auch wenn westen nicht das richtige
wort sei, wie ich jetzt sicher entgegnen würde, wäre ich
da. aber ich sei nicht da, und so könne er ungetrost wei-
tersprechen: von hier aus gewinne man den eindruck, es
brauche das land um die flughafenlounge herum nicht
mehr, sie sei eine losgelöste raum- und zeitkapsel, in der
sich interventions- und businesswelt untrennbar ver-

mischten. er gebe zu, es grusele ihn ein wenig vor diesen leuten, wie es mich vermutlich gruseln würde, so genau wisse er es nicht, meine spur habe sich ja verloren.

er würde jetzt gerne sagen: ich sei nur ein paar räume weiter und damit in diesem land verschwunden wie jener kollege des von seiner tätigkeit etwas enttäuschten juristen, der von diesem EU-gesponserten grenzprojekt in zentralasien erzählt habe. er erinnere sich noch gut, wie ich das EU-interesse am funktionieren der grenzen anderer länder, vor allem, wenn es sich um ein sogenanntes repressives regime handle, nicht verstehen habe wollen. dabei liege es doch auf der hand. »kontrolle«, habe auch der jurist gerufen, »kontrolle!«

nein, ich sei nicht auf diese weise verschwunden, also weil ich angeblich spionage betrieben hätte. ich müsse nicht wie der kollege des juristen im grellen licht eines polizeiverhörs meine geschichte erzählen, in der hoffnung, dass irgendeine botschaft mich dann schon wieder rausholen werde. nein, ich sei einfach so verlorengegangen mitten am flughafen von taschkent mit seiner flutlichtartigen erleuchtung, ich hätte mich verflüchtigt inmitten der vip-lounge für die businessmen and -women dieser welt, ein recherchegespenst, das sich aufgelöst haben müsse im gelächter dieser menschen oder im leisen geräusch der sich bewegenden maschinen, furchtbar weit draußen am rollfeld.

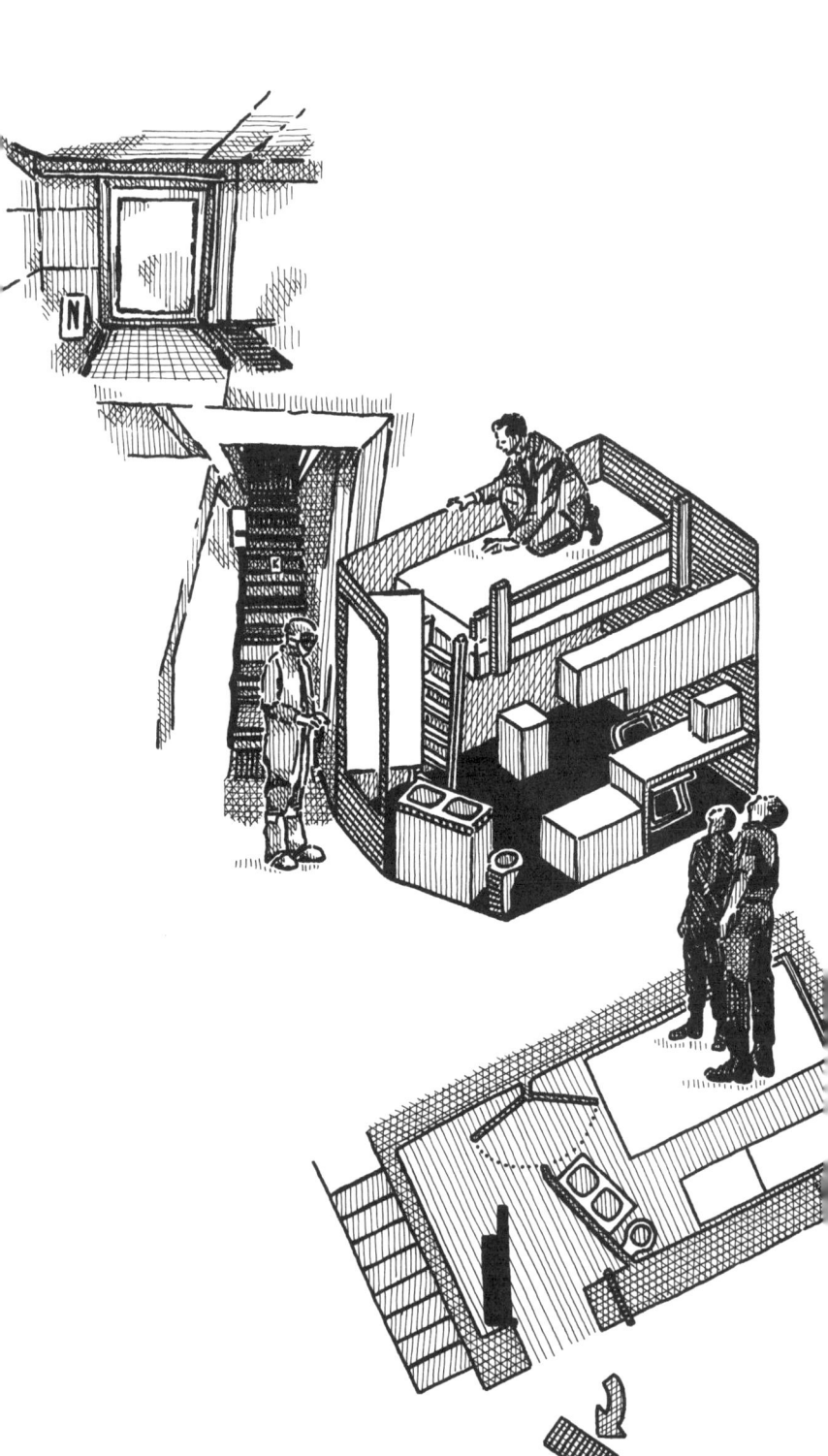

wilde jagd

man erinnert sich nicht? ein jeder wird sich daran erinnern, schließlich waren wir alle dabei. wir alle haben noch gut vor augen: dieses foto von dem mädchen im gras und der decke darüber. die polizistin, der polizist daneben, die haustür dahinter und »spektakuläre selbstbefreiung nach 8 jahren höhlendasein« die bildunterschrift. auf der anderen seite der kamera die journalisten, das heranrasende betreuungsteam: psychologe, sozialarbeiter, öffentlichkeitsarbeiter, medienmensch, jurist. und einen moment danach kommen sie schon: der quasifreund, der möchtegern-journalist, die pseudo-psychologin, die irgendwie-nachbarin, die optimale 14-jährige, das verschenkte nachwuchstalent, kurz, die wilde jagd.

auf der straße

der quasifreund: er entschuldige sich, dass er mich nicht gleich erkannt habe, weil, das mache man jetzt ja, mich immer gleich erkennen. jedenfalls nicht sofort im ersten augenblick habe er mich erkannt, er habe eine weile gebraucht, bis er wahrgenommen habe, ja, das sei wirklich ich. er habe eben keinen zusammenhang erkennen können zwischen der person, die er aus den medien kenne, und der, die plötzlich vor ihm gestanden sei. aber auch dieses nichterkennen hätte er voraussehen müssen, also die art des nichterkennens sollte einem wie ihm bekannt sein, denn er mache das ja professionell, das, was er mache, er hätte es wissen müssen, in welche richtung die verschiebungen gingen: dass man in der realität viel kleiner wirke als auf dem bildschirm, dass man unchoreographierter wirke, fahriger, aber er habe wohl im entscheidenden augenblick nicht daran gedacht, als er es mit mir zu tun bekommen habe, er habe mich ja auch nicht erwartet, und das sei ihm nachträglich zum verhängnis geworden. man habe ihn richtiggehend darauf aufmerksam machen müssen, und das sei ihm jetzt natürlich unheimlich peinlich. aber er sehe schon: so eine sei ich nicht, die ihm das übelnehme, ich sei eine, die darüber großzügig hinwegsehen könne. ja, im gegenteil, ich sei unheimlich nett, man könne sich mit mir direkt normal unterhalten. doch darauf warte er hier schon seit geraumer zeit, auf die normale unterhaltung. er stehe hier vor mir an dieser busstation und warte ab, aber die normale unterhaltung komme nicht. sie komme nicht angefahren und bleibe einen moment lang stehen, hier vor ihm, damit er einsteigen könne, es komme immer nur ein bus nach dem anderen an, und langsam verliere er das vertrauen, dass ich schon noch antworten werde.

im grunde wolle ich diese face-to-face-situation schnellstmöglichst verlassen, habe er recht? dabei habe er immer den richtigen abstand eingehalten: 20 zentimeter mindestens, besser 50 zentimeter, und ab 1 meter fühle es sich richtig gut an. er habe diese stufenregelung immer beherzigt. aber gut, er habe seine chance auf dieses gespräch gehabt, und jetzt sei diese chance eben vertan. jetzt stünde ich hier und gäbe vor, auf den bus zu warten, den bus, der mich nach hause bringe, zu meinem neuen zuhause. ich gäbe vor, geradeaus zu schauen, an ihm vorbeizusehen, als kennte ich ihn nicht, als wäre er irgendwer, ich tue so, als könnte ich meine meinung ändern und wieder zurückgehen, zurück in dieses café, aus dem ich doch eben erst gekommen sei, nur um ihn loszuwerden.

im café

der möchtegern-journalist: man habe ihm gesagt, es werde ein redefluss auf ihn zukommen, der sich gewaschen habe. es würden krisengebiete über ihn hereinbrechen, von denen er keine ahnung habe und auf die er besser vorbereitet sei. es würden unmenschlichkeiten erwähnt, mit denen er am ende doch lieber nichts zu tun haben wolle, und jetzt komme nichts. also unmenschlichkeiten, vor denen er zurückschrecken werde, vor denen er sich lieber in sicherheit bringen wolle, was eine ganz normale reaktion sei, aber er dürfe dem nicht nachgeben. er dürfe diesem fluchtimpuls nicht nachgeben, sondern solle weiter insistieren. ja, er dürfe nicht aufhören, fragen zu stellen, und er werde diese fragen auch stellen, keine sorge, auch wenn er jetzt etwas unprofessionell auf mich wirken werde. er habe ja seine ausstattung nicht dabei, er habe ja sein ganzes technisches equipment nicht dabei, aber habe er etwa ahnen können, dass er mir jetzt so einfach über den weg laufe, hier mitten in der stadt und dann noch in einem café?

jedenfalls, er habe ihnen gesagt: er stemme das schon, sie brauchten sich keine sorgen um ihn zu machen, er sei gewappnet, er habe sich vorbereitet, er habe dies und das gelesen und habe ja auch dies und das schon gehört in seinem leben, aber sie hätten gesagt: »nein, nein, das kann ganz schön heftig sein, man glaubt es nicht, aber einem menschen in so einem zustand zu begegnen, ist nicht so einfach«, da solle man vorbereitet sein, da müsse man professionell rangehen. unprofessionell könne man an so jemanden wie mich gar nicht rangehen, habe man zu ihm gesagt, und er wolle auch gar nicht unprofessionell an mich rangehen, wirklich nicht. er warte erstmal auf ein lebenszeichen von mir, falls überhaupt noch ein lebenszeichen von meiner seite kommen könne, also bis ich etwa sagte: »wir können loslegen.« freilich könne ich den zeitpunkt, wann wir loslegten, selbst bestimmen. wir könnten uns auch erst ein wenig bekannt miteinander machen, falls ich das wolle, sowas helfe doch, oder?

jedenfalls, es sei ein zufallstreffer, den er hier lande, dass er mich so in diesem café treffe, dass er mich so von nebentisch zu nebentisch ansprechen dürfe. ob ich wisse, dass das hier ein perfekter ort für eine unterhaltung sei? wir befänden uns ja nicht irgendwo auf der straße, sondern an einem ort, an dem normalerweise ständig unterhaltungen stattfänden, was mir vielleicht noch nicht ganz klar sei, woher denn auch? aber zu einem café passe es einfach nicht, dass sich zwei praktisch gegenübersäßen und nur einer von den beiden spreche, ohne dass sich am anderen ende der leitung etwas tue. und er warte jetzt nun schon die längste zeit, bis er quasi zu mir durchgeschaltet werde, er habe fast das gefühl, er müsse winken, damit ich überhaupt registrierte, dass er da sei. doch er bringe es jetzt auch nicht übers herz, mich zu drängeln. ich solle ruhig einen kaffee trinken, ich solle ruhig einen kuchen bestellen, er setze sich hier neben mich und warte, bis ich fertig sei. vielleicht nutze er die zeit noch, um seine freundin anzurufen, damit sie ihm das equipment vorbeibringe, also die technische ausrüstung, die er sich prophylaktisch zugelegt habe. er bezweifle zwar, dass sie das auch finden und vollständig hier abliefern werde. – frauen und technik!, wisse ich sicherlich – d. h., er wisse nicht, ob mir das bekannt sei. aber warum ich denn aufstehen würde und weggehen?

auf der straße

der quasifreund: er laufe mir ungern nach, nur, ob das der grund gewesen sei, dass er mich nicht gleich erkannt habe, das würde er noch gerne wissen. das könne doch eigentlich nicht sein. aber es heiße, ich hätte mir ja so einige beleidigtheiten erworben, die aus dem komplizierten größenego erwachsen seien, das ich notgedrungen habe entwickeln müssen. ich hätte meine psyche umgebaut, komplett umgebaut, um noch lebensfähig zu sein, habe man ihm gesagt. er glaube, das mit dem größenego stamme von dieser psychotante oder wie man die nennen solle, jedenfalls von der person, die ich jetzt an mich heranließe, in diesem augenblick, weil irgendetwas vorgefallen sei, was, werde ja nicht mitgeteilt. aber vielleicht ließe ich sie auch schon wieder nicht mehr an mich heran, und diese information sei hinfällig geworden. vielleicht redete ich auch mit ihr nicht mehr. mit ihm redete ich jedenfalls noch immer nicht, das stehe fest.

der möchtegern-journalist: wie gut, dass er mich hier noch antreffe, denn für einen journalisten sei ich ja ein glücksfall. das werde doch immer gesagt, nur, er erkenne diesen glücksfall im augenblick nicht, abgesehen davon, dass er möglicherweise noch kein wirklicher journalist sei, d.h. kein richtiger journalist, aber vielleicht könne er durch mich zu einem richtigen journalisten werden, vielleicht könne er durch mich seine journalistische tätigkeit entwickeln und an den mann bringen, denn das höre man immer, dass durch zufälle dieser art karrieren geboren würden, und er wünsche nun mal sehr, dass seine karriere geboren werde, wie ich mir sicher vorstellen könne, denn dieser ungeborene zustand gehe ihm langsam auf die nerven.

zum ersten mal werde sein journalisten-dasein nicht von ihm selbst behindert, sondern durch sein gegenüber. da boykottiere ihn jemand richtiggehend, aber dass dieser jemand ich sein solle, das könne er nicht glauben. außerdem habe es sich ja schon rumgesprochen, dass er bald mit mir sprechen werde, zumindest er habe das rumerzählt, damit er nicht wieder zurückrudern könne, wie das schon so oft passiert sei.

der quasifreund: na gut, er rede mir meine beleidigtheiten mit sicherheit nicht aus, er müsse mir schon genug ausreden, da fange er mit meinen beleidigtheiten gar nicht erst an. »fang lieber mit der panik an!«, habe man ihm gesagt. »pass auf die panik auf!«, hätten sie ihm gesagt, die werde zu umschiffen sein, denn so jemand wie ich verfalle eben in panik und damit in eine verteidigungshaltung, die nicht so leicht zu durchbrechen sei, habe sie sich erst einmal aufgebaut.

der möchtegern-journalist: ein professioneller, so wisse er, hätte sich schon längst einen strategischen masterplan zurechtgelegt, den ich nicht so leicht durchschauen könnte, aber er wolle sich keinen strategischen masterplan zurechtlegen, er wolle mich wie einen normalen menschen behandeln, einen menschen im rahmen meiner möglichkeiten – aber wenn ich partout nicht dieser normale mensch sein wolle, wenn ich unbedingt glaubte, ich müsste jetzt raus aus diesem möglichen normalzustand und hier auf dieser straße entlangtigern, dann könne er auch nichts machen. ich hätte mich eben gegen kaffee und kuchen entschieden und liefe lieber durch diesen regen, gut – aber eines verspreche er, er bleibe dran an mir, er bleibe nämlich immer dran, wenn ihn etwas interessiere.

der quasifreund: aber wo wolle ich denn hin, warum stürzte ich jetzt so plötzlich in dieses kaufhaus hinein? natürlich, ich wolle aus dem regen raus, doch warum müsse es in so einem irren tempo sein? er komme ja gar nicht nach.

im kaufhaus

die pseudo-psychologin: ich würde jetzt alle erstmal für feindlich halten, das sei ihr klar. nachdem ich sie einen kurzen moment lang für meine retter gehalten habe, würde ich in ihnen nur noch feinde sehen können, das sei eine ganz logische reaktion, und ich brauchte vor ihr nicht zu erschrecken, das werde sich schon wieder ändern. also ich brauchte vor mir selbst nicht zu erschrecken, denn oft erschrecke man in solchen situationen am meisten vor sich selbst, zu welcher feindseligkeit man in der lage sei. sie könne sich gut vorstellen, dass ich mich selbst ein wenig unheimlich finden würde. ich müsse wissen, die außenwelt werde es mir verzeihen, die außenwelt werde meine feindseligkeiten einzuordnen wissen, selbst wenn ich sie nicht einordnen könne. sie sei jedenfalls die erste, die mich diesbezüglich freispreche. denn sie wisse, im grunde würde ich am liebsten mit einer dankbarkeit fortfahren, ich würde so gerne eine offenheit ausüben, ich strebte nach wie vor einen weltkontakt an, den ich mir so lange gewünscht, aber noch nicht fertiggebracht hätte.

sie habe sich vorgenommen, mir das zu sagen, aber sie müsse zugeben, sie habe sich selbst ein wenig erschreckt, als sie so plötzlich vor mir gestanden sei, hier in diesem kaufhaus, hier vor dieser umkleidekabine. so einfach, ritschratsch, den vorhang beiseitezuschieben und mich dahinter zu entdecken, das habe sie ja nicht für möglich gehalten. in einem kaffeehaus hätte sie anders reagiert, in einem bürozimmer oder in einem wartezimmer, aber in einem kaufhaus? einen banaleren ort, mir zu begegnen, könne sie sich überhaupt nicht vorstellen. dass ich einkaufen könnte, sei ihr einfach nicht in den sinn gekommen, dass ich so mir nichts, dir nichts einfach ins kaufhaus marschierte und mir an diesem verregneten dienstag bunte blusen und röcke raussuchen würde, hätte sie niemals für möglich gehalten.

aber um auf mein erschrecken zurückzukommen: ich müsse meine feindschaftsgefühle genauso umarmen lernen, wie ich einiges andere umarmen lernen müsse. aggressionen seien eben ein teil von mir, müsse ich wissen, sie würden mich jetzt immer begleiten. das habe auch sie einmal lernen müssen, das könne ich ihr glauben, deswegen verstehe sie mich durchaus.

das sei doch logisch: ich würde sie nicht nur für feindlich halten, die menschen, die jetzt um mich seien, ich würde ihnen gleichzeitig eine menge vorwerfen, möglicherweise würde ich mich fragen: »wo sind sie gewesen, die ganze zeit?« ich brauchte mich nicht so zögerlich umzusehen, ob da noch jemand anderes sei. das wisse ich doch, dass da jemand sei, es seien ja jetzt immer jede menge leute um mich, die mir helfen wollten. das sei eben meine außenwelt, die außenwelt, von der ich glaubte, dass sie zu meiner innenwelt nicht passe, was ein irrtum sei, die außenwelt passe immer irgendwie zur innenwelt, es gelte nur die richtige verbindung zu finden.

schreibwarenabteilung

die irgendwie-nachbarin: sie hätten ihr gesagt, sie werde mich nicht wiedererkennen, so sehr hätte ich mich verändert, so sehr sei nichts mehr von mir da, von meiner früheren version sozusagen. sie habe mich hier vor dem regal mit den bleistiften aber sofort wiedererkannt, müsse sie jetzt bemerken, und im selben moment hätten sich die alten bekanntheitsgrade wieder eingestellt, auch wenn sie nur dieses eine foto zur hand gehabt habe. ja, sie würde sagen, es sehe so aus, als wäre alles spurlos an mir vorübergegangen, das sei ihr direkt unheimlich gewesen. »ganz die alte«, habe sie zu ihrer bekannten gesagt, als ich wieder aufgetaucht sei. sie meine, plötzlich umfallen und tot sein, so eine reaktion habe man sich viel eher erwartet, zumindest habe man angenommen, »die wird gezeichnet sein, gezeichnet fürs leben.« aber sie habe deswegen keine sekunde zweifel an meiner existenz aufkommen lassen wie ihre bekannte und so manch anderer.

sie meine, so lange sei ich weggewesen, und jetzt sei ich wieder da. man habe sich gedacht: »die hat keine chance!«, man werde höchstens noch meine knochen finden, wenn überhaupt. und über diesen knochenfund alleine werde meine familie glücklich sein, über den knochenfund glücklich meine nachbarn, über den knochenfund glücklich meine freunde – und jetzt sei ich einfach wieder da. und auch, wenn sie im augenblick alle nicht mehr an knochenfunde dächten, könne ich mir doch ausrechnen, wie glücklich sie alle seien. aber sie habe den eindruck, das wolle ich gar nicht. sie alle – ja, sie spreche einmal im namen meines gesamten alten umfelds, aus dem ich mich derzeit so gerne ausklinken würde –, sie alle atmeten auf. ich könne mir doch ausrechnen, wie sehr man ganz allgemein aufatmen werde in diesem umfeld, aufatmen und ausatmen die ganze sorge, die man um mich gehabt habe. aufatmen nicht nur im familien- und freundeskreis, aufatmen nicht nur in der nachbarschaft, das aufatmen gehe mittlerweile durchs ganze land, und nicht nur das, zu dem inländischen aufatmen habe sich ein ausländisches aufatmen gesellt. so etwas habe ja einen symbolischen wert, wenn eine mal zurückkomme, wenn eine sich ins leben zurückmelde, und genau das hätte ich gemacht, auch wenn ich jetzt so tun würde, als ginge das niemanden etwas an.

und diesbezüglich müsse sie mit mir schimpfen – wo man doch fest mit meinem ableben gerechnet habe, und jetzt träte ich in erscheinung und täte so, als wäre nichts. ja, man habe den eindruck, ich wolle gar nicht mehr zurück, ich wolle niemanden mehr wiedersehen, nicht nur wolle ich meinen familien- und freundeskreis nicht mehr wiedersehen, auch meine nachbarschaft wolle ich nicht mehr wiedersehen, so viel habe sie schon mitbekommen, denn zu der alten nachbarschaft dürfe sie sich ja auch zählen, selbst wenn sie strenggenommen weggezogen sei. es sehe ganz so aus, als wolle ich an die alten bande nicht mehr anknüpfen, was sie im prinzip schon verstehen könne, aber umgekehrt auch wieder nicht, denn wenn sie in meiner situation wäre, das wisse sie bestimmt, wäre sie heilfroh, diese gesichter wiederzusehen, ja, sie würde nichts anderes machen, als auf diese gesichter wieder zuzulaufen, es sei ja nicht natürlich, diese gesichter so lange nicht gesehen zu haben und dann nicht auf sie zuzulaufen, aber ich sei wohl nur im gras gestanden und hätte erstmal nicht viel gesagt. ich hätte mich in meiner kleidung versteckt und hätte auch auf zurufe nicht reagiert.

nein, sie müsse mit mir schimpfen, und sie müsse immer weiter mit mir schimpfen, habe sie den eindruck: ob ich mir nicht klarmachte, wie sehr man mit meinem ableben habe rechnen müssen? die ganze zeit über hätten sie nichts anderes getan, als mit meinem ableben zu rechnen. auch wenn es jetzt permanent heiße, man habe die hoffnung nicht aufgegeben, sei da immer ein teil gewesen, der sich mit meinem ableben habe beschäftigen müssen, auch wenn sie jetzt verlautbaren ließen, sie hätten stets ein türchen für mich offengelassen.

alle wüssten jetzt, ich hätte überlebt, nur ich wisse es anscheinend noch nicht so ganz. jemand werde es mir sagen müssen, ein für alle mal sagen müssen. aber ob sie dieser jemand sein könne, wisse sie jetzt nicht. vorstellbar sei es. obwohl wir strenggenommen nicht so viel miteinander zu tun gehabt hätten. bisher hätte ich mich eher versteckt vor ihr gehalten, doch heute sei ich endlich auf sie zugegangen und hätte sie was gefragt. ich hätte sie über den ständer mit den bleistiften hinweg nach der kundentoilette gefragt. das sei doch schon ein anfang. der anfang eines langen gesprächs, an dessen ende ich einsehen würde, dass ich nur meine laufrichtung ändern müsse, und zwar hin zu meiner familie, meinem freundeskreis und meiner nachbarschaft und nicht etwa weg von ihnen, auch wenn ich den automatismus derzeit noch nicht ändern könne, den laufrichtungsautomatismus, der mich jetzt schon wieder zur rolltreppe führe.

vor dem kaufhaus

die pseudo-psychologin: ja, sie spreche immer noch von meiner abwehrstruktur, die sicher während der letzten jahre sehr nützlich gewesen sei, aber jetzt müsse ich sie ad acta legen. ich verstünde sie da schon richtig. ich begriffe das schon. denn auch wenn ich froh sei, diese irgendwie-nachbarin losgeworden zu sein, so wisse ich doch, es helfe nichts, denn diese stehe schon bald wieder vor mir, freilich in etwas anderer gestalt, aber ich glaubte doch nicht, die leute auf diese weise ein für alle mal loszuwerden, oder? sie habe das ja beobachtet, sie sei mir ja gefolgt, d. h., sie habe mich begleiten wollen auf meinem weg nach draußen – die rolltreppen runter in einem affenzahn, und dann vorbei an der schmuckabteilung, vorbei an der drogerieabteilung, den schreibwaren, handtaschen und süßwaren, zum ausgang raus, und jetzt stehe sie wieder vor mir.

und nein, ich müsse mich nicht grämen, dass ich mich nicht mehr an sie erinnerte, sie habe ja das gefühl, so wie ich sie anstarrte, ich würde gar nicht mehr wissen, wer sie sei. keine sorge, sie beziehe das nicht auf sich. also das sei doch kein wunder, ich stünde noch immer unter schock, bei menschen in meiner situation sei das ganz normal, das wäre richtiggehend abnormal, wenn sich das anders verhielte. das sei eben teil dieser abwehrstruktur, dieser totalausfall des kurzzeitgedächtnisses – da habe man eben noch miteinander gesprochen, und schon wisse ich das nicht mehr, da habe man eben noch einen deal miteinander vereinbart, und schon sei mir das nicht mehr bekannt. das langzeitgedächtnis hingegen funktioniere perfekt, das sei ja das perfide. mit sicherheit erinnerte ich mich genauestens an die ereignisse, die ich am liebsten ad acta legen würde, all die dinge, über die ich jetzt nicht sprechen wolle und an die alle rankommen wollten, die jetzt so um mich herumwuselten und die sich nicht einig seien, wie mit mir umgehen. alleine bezüglich des sprechens und aussprechens gebe es ja die unterschiedlichsten schulen. also was das beste in so einer situation sei, und sie müsse sagen, sie folge letztendlich doch eher der methode, die verlange: heraus damit!

noch immer vor dem kaufhaus

die pseudo-psychologin: also wir sollten doch so tun, als ob wir miteinander reden könnten. selbst vor einem kaufhaus könne man miteinander reden, wenn man warte, auf das nächste taxi warte, könne man doch die zeit nutzen, um miteinander zu kommunizieren, das würde ich vielleicht noch nicht wissen, aber das wäre zumindest ein anfang.

die irgendwie-nachbarin: ja, tun wir doch so, als ob wir miteinander reden könnten! zumindest solle ich sie nicht gleich abwimmeln, diese fünf minuten für eine alte bekannte würde ich doch noch aufbringen können in meinem hektischen tagesablauf, den ich jetzt angeblich immer hätte. da würde ich doch fünf minuten für eine alte freundin finden, die mir ein wenig den kopf waschen müsse, auch wenn ich jetzt am liebsten in die straßenbahn spränge, auch wenn ich am liebsten eine u-bahn nehmen würde, weil gerade kein fahrrad zur hand sei, auch wenn ich schon dabei sei, ein taxi zu rufen, weil ich mir das jetzt ja leisten könne, obwohl ich aus einem milieu käme, das nicht unbedingt taxi fahre. aber ich führe jetzt taxi, ich bewegte mich durch die stadt mit chauffeur, wenn ich nicht gerade unfreiwillig in sie hineinliefe und mir von ihr den kopf waschen lassen müsse. denn wie stellte ich mir das vor? also dass ich mich dermaßen absentierte?

ob ich an meine familie dächte? ganz allgemein denke ja niemand an meine familie, vielleicht falle aber doch jemandem mal meine familie ein, oder bleibe sie hier die einzige, der das passiere, auch wenn sie dafür nicht ganz die richtige sei, weil sie sich im grunde für meine familie oder, besser gesagt, die aktionen meiner familie nicht so sehr begeistern könne. aber sie habe den eindruck, man dürfe mir gegenüber meine familie gar nicht erwähnen, ich würde sofort ausflippen.

die pseudo-psychologin: ja, es gebe so bestimmte reizwörter, die man in meiner nähe nicht aussprechen dürfe, denn dann geriete ich immer außer mich.
die irgendwie-nachbarin: sofort würde ich ausflippen.
die pseudo-psychologin: warum spreche sie also die reizwörter aus?
die irgendwie-nachbarin: sie spreche gar keine reizwörter aus.

immer noch vor dem kaufhaus

der quasifreund: also er seinerseits wolle mir ja nicht auf den wecker gehen, es stünden ja schon zu viele menschen um mich herum, und er wisse, ein zuviel an menschen könne mir jetzt nur auf den wecker gehen.

die pseudo-psychologin: ein zuviel an menschen könne jetzt gift sein.

der quasifreund: und er wolle sicherlich nicht dieses zuviel an menschen sein.

der möchtegern-journalist: wer wolle das schon sein?

der quasifreund: nein, er gehe gerne ein paar meter zurück, halte abstand, wenn nötig.

die pseudo-psychologin: ob mir ihr hiersein etwa unangenehm sei?

der möchtegern-journalist: man könne sich ja auf einen bestimmten abstand einigen? einen stabilen abstand, der mir eine gewisse sicherheit gebe?

die pseudo-psychologin: ob mir ihr hiersein unangenehm sei, habe sie gefragt, und ich hätte noch immer nicht geantwortet. sie würde ja zuerst fragen und nicht einfach hinweggehen über mich, wie das andere hier machten.

der quasifreund: nein, er befinde sich auch nicht unter denen, die sofort nach vorne stürmten.

der möchtegern-journalist: die üblichen verdächtigen, die es immer besser wüssten.

der quasifreund: nein, so widerlich sei er nicht, dass er jetzt andauernd um mich herumstehen müsse.

die irgendwie-nachbarin: gaffer!

der möchtegern-journalist: auch er könne sich da durchaus zurückhalten, das gehöre ja zum job.

die pseudo-psychologin: genau. damit ich sie nicht falsch verstände: sie mache mir mit ihrem hiersein ein angebot. sie sei für mich da, sie stehe sozusagen auf meiner imaginären mitarbeiterliste. ich könne das als dienstleistung verstehen, was sie mache, das sei ja ein service für mich. natürlich habe sie auch ein eigenes interesse, wer wolle sein interesse in so einer situation auch leugnen, aber ich säße doch diesbezüglich am steuerpult, ich könne jederzeit aufstehen und gehen, bildlich gesprochen, weil ich ja schon eine ganze weile hier stünde und sie anstarrte – also ich könne entscheiden, wohin die reise gehe. und das sei auch schon das, was sie mir mit auf den weg habe geben wollen, dass ich die sei, die die entscheidungen träfe, so grundsätzlich.

clubbing, abends

die optimale 14-jährige: sie wisse jetzt nicht, ob es unmenschlich sei, mich hier anzusprechen, ob sie mich kurz unterbrechen dürfe und ihre fragen stellen, die ihr auf der zunge brennten. sie wisse aber nicht, ob sie jetzt dran sei, das sagten sie einem ja nicht. sie wolle sich nämlich nicht wieder vordrängeln, das sei eigentlich gar nicht ihre art. es stünden ja so viele menschen um mich herum und würden zugucken. sie habe sich ja auch gewundert, dass ich ausgerechnet hier auftauchte, dass sie in einer damentoilette auf mich stoße. leider sei die musik auch hier drinnen so laut, dass sie ihre eigenen worte kaum verstehen könne. ja, deswegen schreie sie so, sorry. also damit überhaupt etwas ankomme von dem, was sie sage.

aber bei menschen wie mir wisse man ohnehin nicht, ob man mit ihnen normal reden könne, ob sie überhaupt ansprechbar seien, ob sie normale antworten geben könnten oder ob sie gleich ausflippten. und überhaupt wüsste sie gerne, wie ich das gemacht hätte, »jetzt mal explizit«. ob ich sie verstehen könne? es sei ja wie gesagt relativ laut hier, und sie gebe zu, sie habe auch schon das eine oder andere bier intus, was ja bei mir nicht zu vermuten sei, denn von alkohol ließe ich sicher die finger, nicht?

also sie wisse ohnehin, ich werde sie erstmal abwimmeln, ich wolle hier schließlich meinen spaß haben, aber ich interessiere sie eben so schrecklich, weil es sowas ja nicht alle tage gebe, und vor allem, weil sie sich so gut in mich hineindenken könne. sie könne sich das alles ziemlich gut vorstellen, und dennoch poppten andauernd fragen auf. so sagten sie, ich würde mich nicht so sehr als opfer sehen, ich würde von einem quasi normalen leben ausgehen, das ich geführt hätte, wenn auch in einem paralleluniversum. denn auch in einem paralleluniversum sei ein leben zu führen. auch wenn dieses paralleluniversum durch eine menschenleere gefallen sei. da habe es nur diesen ausnahmekontakt gegeben, den ausnahmekontakt und die ausnahmesituation. und das finde sie schon eine seltsame sache, denn in die menschenleere kriege man sie nicht so schnell hinein, nicht einmal vorstellungsmäßig kriege man sie da hinein, nein, sie mache da immer eher kehrt und drehe sich um, gehe schnurstracks zurück in ihr universum, das angefüllt sei mit menschen, wenn es auch nur ein online-universum sei und die menschen online-menschen. man habe auch einmal versucht, ihr diese menschenleere einzureden, dass ihr das mal guttäte, aber sie brauche eben immer eine community um sich herum, auch wenn das meist nur eine online-community sei.

wie dem auch sei, diese menschenleere sei eben nicht ihr ding. aber klar, auch in einem paralleluniversum richte man sich ein, auch da brauche es einrichtungsgegenstände, auch da brauche es einen gesprächsstoff, damit sowas wie normalität sich überhaupt einstelle, und etwas normalität müsse ja auch vorhanden sein, damit man überleben könne. und überlebt hätte ich nun mal. nur könne sie sich diese einrichtungsgegenstände und gesprächsstoffe nicht vorstellen, die könne ich doch alle mal aufzählen, das würde sie nämlich so schrecklich interessieren.

man werde mir doch beispielsweise was beigebracht haben, man werde mir doch sicher andere dinge beigebracht haben, als man ihr beigebracht habe. in diesem paralleluniversum habe er doch sicher stattgefunden, der lernvorgang. sie meine, die leute sagten, ich sei so gebildet, ich wisse über alles mögliche bescheid, über das sie, die nahezu gleichaltrige, nicht bescheid wisse. was sie sich nicht vorstellen könne, weil ich ja so abgeschnitten gewesen sei. die leute sagten, ich hätte mein wissen aus büchern bezogen, und das finde sie merkwürdig, dass das so überbetont werde. so als hätte sie keine bücher gelesen. aber bei mir seien es eben qualitätslektüren gewesen, sagten die dann, und außerdem: das sei ja ein lückenloser kosmos gewesen, im gegensatz zu den lücken, die sich in normalen jugendzeiten auftäten, in die dann jede menge müll gestopft werde wie clubbesuche dieser art.

das sage sie nur, weil sich gleich so eine bildungsdiskussion angeschlossen habe, also was man aus meiner geschichte positives ziehen könne und auf andere übertragen. aber sie wisse nicht, ob das gehe. sie meine, da müsse doch das eine oder andere wichtige kapitel ausgelassen worden sein, anders könne sie sich das nicht vorstellen. oder gehöre das auch zu den dingen, die man nicht erwähnen dürfe? man habe ihr nämlich gesagt, es gebe eine liste von dingen, die man nicht erwähnen dürfe, man habe ihr aber keine in die hand gedrückt, und jetzt rätsle sie natürlich, was auf dieser liste alles draufstehe. im netz, sei sie sich sicher, kursierten schon jede menge solcher listen, aber sie habe bisher noch keine gefunden.

sie sei ja angewiesen auf das, was aus den medien komme, d. h., was andere über mich sagten, denn ich selbst sagte nichts. deswegen sammele sie auch alles über mich, sie wolle mich ja kennenlernen, aber sie ahne, wie bei einem richtigen popstar müsse man sich erst hocharbeiten. und sie sei auch bereit dazu, sich hochzuarbeiten, sie werde mich auch nicht mehr mit bildungsdiskussionen langweilen, versprochen, denn das könne sie sich nicht vorstellen, dass ein popstar darüber reden wolle. und ich sei doch sowas wie ein popstar, wenn auch ein sehr verdrehter, einer, der nicht freiwillig berühmt geworden sei.

also sie habe mir nur sagen wollen, sie sei auf meiner seite. selbst wenn es hier so laut sei, dass man sein eigenes wort nicht verstehen könne, versuche sie, mir das zu sagen. deswegen rücke sie mir so auf die pelle, was ihr im prinzip total peinlich sei – sie wisse ja, dass ich im moment ohnehin eher schweigen würde, und sie wolle mich auch grundsätzlich darin unterstützen, denn das fänden alle so interessant, dieses schweigen. sie ihrerseits würde ja immer gleich losreden, weil sie es nicht aushalte, weil sie ihre geschichten immer gleich loswerden müsse.

der möchtegern-journalist: dürfe er hier einmal anklopfen? dürfe er einmal an dieser damentoilettentür anklopfen? er habe gehört, damentoiletten seien heilig und deswegen genau der richtige ort, um seine frage zu stellen: ob ich glaubte, das moderne märchen zu sein, das sich von selbst erzähle? nein, könne er für mich antworten, da müsse man immer noch ein wenig nachhelfen, da müsse man immer noch etwas mitwirken. er meine, das moderne märchen, auf dem ich mich ewig ausruhen könne, das gebe es ohnehin nicht.

die pseudo-psychologin: also sie verstehe das durchaus, wenn ich das jetzt nicht könne. und sie sei die erste, die mich diesbezüglich freispreche.

die optimale 14-jährige: also sie finde es toll, dass ich nichts sagte. dass ich mich einfach verweigerte.

die irgendwie-nachbarin: fragt sich nur, wie lange noch?

in der kneipe – am folgenden abend

der quasifreund: prima, mein auftritt vorhin! er gratuliere mir dazu, ja, er müsse mir regelrecht gratulieren wie ich das gemacht hätte, nur, ihn erwähnen, hätte ich schon können, weil er ja anfangs dabei gewesen sei, wenn ich mich recht erinnern wolle, also bei meiner rettung dabei. er habe sich da sozusagen zugeschaltet, auch wenn er es beim ersten mal nicht ganz bewusst getan habe, jetzt komme er ganz bewusst zu mir an den tisch, weil: er könne mir gratulieren, ich hätte das toll gemacht. er meine, alle welt habe gedacht, ich könne das nicht: in ganzen sätzen reden, mich artikulieren und aussehen, wie ich ausgesehen hätte.

die irgendwie-nachbarin: ich hätte schon eine unglaubliche ausstrahlung besessen, man habe ja gar nicht glauben können, dass ich die sei, die das alles erlebt haben solle. ihrer meinung nach habe man mich für diesen auftritt aber zu sehr hergerichtet. man habe zu viel des guten getan. also dass man mich so frisiert und geschminkt habe, mich in diese kleider gesteckt, das sei doch nicht notwendig gewesen. das habe doch ein wenig künstlich ausgesehen.

die pseudo-psychologin: ja, man hätte das zurückhaltender machen können, man hätte meine ausstrahlung ein wenig zurücknehmen sollen, so würde ich nur die erwartungen der zuschauer enttäuschen und unverständnis auslösen. die leute würden bereits anfangen zu zweifeln, sie würden über kurz oder lang gewisse aggressionen entwickeln, sie würden die situation umdrehen und nicht mehr verstehen, wer jetzt das opfer sei, wer der täter.

der möchtegern-journalist: na, er müsse sagen: hut ab! sowas stellte ich also an. so ein gespräch stellte ich an. das sei doch schon eine ganz schöne leistung, die ich da vollbringen würde! das müsse man schon honorieren, auch wenn er sich frage, was mich letztendlich zu diesem auftritt bewogen habe. denn den anderen, kleineren medien, den qualitätsmedien gegenüber hätte ich ja nur geschwiegen und gemauert. mein schweigen und mauern sei ja schon landesweit veröffentlicht worden, dieses schweigen und mauern, das auch er habe kennenlernen dürfen.

die irgendwie – nachbarin: sie hätte auch lieber ein gespräch ohne das ganze mediendrumrum gehabt, also ein gespräch im familien- und freundeskreis. aber heute müsse ja immer gleich alles über die medien gehen, da gebe es keinen direktzug mehr im menschlichen miteinander, das laufe immer über ecken.

die optimale 14-jährige: also sie habe das eigentlich interessant gefunden, dass ich so lange geschwiegen hätte, aber gut, nun redete ich eben. sie würde das schweigen zwar grundsätzlich interessanter finden, aber das sei vermutlich ihre generation, die da aus ihr spreche, die älteren generationen würden viel lieber dem gequatsche zuhören, wie es aus allen kanälen ströme. sie aber würde schweigen viel cooler finden, die verweigerung, dass eine mal nicht mitspiele bei diesem medienspiel. denn kaum mache man mit, sei man schon irgendwie dabei. d. h., sie habe eigentlich sagen wollen, ich solle mich nicht drängen lassen, aber gut, jetzt sei es eben zu spät. jetzt hätte ich ja schon losgeredet, das sei nicht zu überhören gewesen hier in dieser kneipe, wo sie mich wie überall auch ausgestrahlt hätten, als sei ich eine fußball-wm oder sowas. wobei das ja keine live-übertragung gewesen sei, das sei ja voraufgezeichnet gewesen, denn sonst könne ich ja nicht hier in der kneipe sitzen und mein schnitzel essen.

sie frage sich nur, ob ich mir eben auch selbst zugesehen hätte, oder ob ich extra nicht hinsehen würde. sie würde das ja nicht aushalten, hier ein schnitzel zu essen und drei meter weiter mich selbst auf einem riesenbildschirm zu sehen. das wäre ihr dauerpeinlich. sie würde es verstehen, wenn ich mich über mein schnitzel gebeugt und die augen quasi zugemacht hätte.

die pseudo-psychologin: ja, aber was sage uns das? sie finde, ich solle ruhig hinsehen, es bringe nichts, wenn ich mich meinen eigenen aktionen nicht stellte.

der quasifreund: immerhin redete ich, das sei schon ein riesenfortschritt, dass ich den mund aufmachte und nicht für immer geschlossen hielte, wie er schon habe befürchten müssen an der bushaltestelle. nur, er könne sich nicht vorstellen, dass ich in wirklichkeit diese worte verwendete, die jetzt zu hören gewesen seien, und er frage sich, ob die mir möglicherweise untergejubelt worden seien?

der möchtegern-journalist: und er meine, er würde sich wünschen, ich würde weniger fremdwörter benutzen, denn es sei doch bekannt, dass das gar nicht gut ankomme. wer mir das in den kopf gesetzt habe, wolle er wirklich gerne wissen. diese fremdwörter würde ich ja wie schutzschilde vor mir hertragen. schutzschilde, die mich mitunter unsympathisch machten, ja, sogar antipathien wecken könnten, was in meiner situation, das brauche er mir wohl nicht zu sagen, äußerst riskant sei. nicht, dass er mich jetzt managen wolle, dazu habe er beileibe keine zeit, aber das mit den fremdwörtern sei ihm doch aufgestoßen.

der quasifreund: also er müsse auch sagen, andauernd hörte ich mich wie ein experte an, wie einer vom robert-koch-institut!

die pseudo-psychologin: eine vom gerichtspsychiatrischen dienst!

der quasifreund: vom max-planck-institut!

die pseudo-psychologin: vom institut für sozialforschung!

der quasifreund: von der NASA!

die irgendwie-nachbarin: ob ich das mal abstellen könne, meinen expertentonfall – der interessiere keinen!

die optimale 14-jährige: jetzt, wo alle über mich herfielen, wolle sie schon mal dazwischenfunken und sagen: genauso, wie ich mir hier ein bier bestellen dürfe, könne ich doch bitteschön auch mal eine expertin sein, wenn ich das gerne wolle, das werde man mir doch zugestehen können? vielleicht würde ich mir etwas erarbeitet haben? alle welt erarbeite sich doch irgendein fachwissen. da wolle sie mich verteidigen, auch wenn sie zugeben müsse, dass sie nicht viel von dem verstanden habe, was ich da von mir gegeben hätte.

die irgendwie-nachbarin: ich solle ihr glauben, die leute seien an etwas anderem interessiert. die meisten schöben den expertentonfall beiseite und glotzten auf das dahinterliegende oder vermeintlich dahinterliegende. ob ich es nicht wisse? die leute wollten einzelheiten hören – und was gäbe ich ihnen?

die pseudo-psychologin: klar, die details seien erstmal weg. die müsse ich auch wegzappen, damit ich überhaupt weitermachen könne, das sei normal in solch einer situation, dafür könne ich persönlich nichts. man fange ja schon in viel unbedeutenderen situationen an, details wegzuzappen. also sie beispielsweise habe jede menge weggezappt, als ihre ehe in schwierigkeiten geraten sei. sie habe beispielsweise nicht sehen wollen, was ihr mann da gemacht habe. das habe sie einfach immer ausgeblendet in ihrer wahrnehmung. sie habe diese dinge so lange weggezappt, bis es wirklich nicht mehr gegangen sei, denn es seien ja andere menschen zu schaden gekommen. auch wenn das mehr so ein geldschaden gewesen sei und kein körperschaden.

der möchtegern-journalist: genau, hier gehe es doch nicht um details, hier gehe es um emotionen, die die leute mitgeliefert bekommen wollten und von denen sie bereits eine genaue vorstellung hätten. nicht, dass er das jetzt richtig finde, dass ich die frei haus lieferte, ich solle ruhig geizen damit, aber auch dieser geiz müsse eine grenze haben.

die pseudo-psychologin: nicht, dass man sie falsch verstehe, sie persönlich sei gar nicht so wahnsinnig an den details interessiert –
der quasifreund: das schon mal gar nicht!
der möchtegern-journalist: also er für seinen teil wolle das auch nicht so genau wissen, und doch gebe es ein gewisses öffentliches interesse.
die irgendwie-nachbarin: sie höre sich solche geschichten gar nicht gerne an, aber letztendlich müsse die wahrheit doch raus.
der quasifreund: ob mir nicht klar sei, wie viele leute da mit-

fieberten, wie viele vor ihren apparaten säßen und auf ein zeichen warteten?

die pseudo-psychologin: also ihr seien die leute relativ wurscht, was sie viel mehr interessiere, sei die tatsache, dass ich mich nicht als opfer sehen könne.

der quasifreund: ja, die künstlichkeit, die ich ausstrahlte, sei phänomenal.

die optimale 14-jährige: hallo! könne jemand mal die zwischentöne wahrnehmen? es sei ja nicht wahr, dass ich nichts sagte, man höre nur nicht genau hin. ob jemand das mal machen könne, oder seien wieder alle mit taubheit geschlagen? vielleicht habe sie auch nur einfach mehr feingespür oder einen besonders starken draht zu mir, denn sie sei ja eine art fan, wenn auch ein professioneller fan, selbst wenn sie eigentlich kein geld dafür erhalte. und sie sei hierhergekommen in diese runde, um ihr fantum auszuleben und nicht etwa, um mich zu kritisieren.

die pseudo-psychologin: sowas bringe mich doch nur auf falsche gedanken.

die optimale 14-jährige: auf falsche gedanken?

die pseudo-psychologin: sie bitte mich, ich hätte doch was überlebt, das werde mir doch noch einfallen, darüber werde man jetzt nicht auch noch streiten müssen – es sei zwar verständlich, dass ich es wegdrängte, aber wahr sei es doch.

die irgendwie-nachbarin: »naja, wie man es nimmt.« so sicher sei man sich nicht mehr, was ich da überlebt hätte.

der möchtegern-journalist: vielleicht hätte ich gar nichts überlebt, schrieben einige zeitungen, vielleicht sei auch alles fake.

die pseudo-psychologin: bitte, darüber wolle sie jetzt nun wirklich nicht mehr streiten, sie wolle nicht wieder bei null anfangen.

die irgendwie-nachbarin: man müsse aber bei null anfangen, denn bisher hätte noch niemand wirklich bei null angefangen.

der möchtegern-journalist: man müsse das von anfang an aufrollen, wegen der ungereimtheiten.

die irgendwie-nachbarin: man werde doch noch fragen stellen dürfen, aber sie habe den eindruck, das dürfe man nicht.

der möchtegern-journalist: vielleicht sei ich wieder so eine fake-existenz, die alle naselang auftauche.

die optimale 14-jährige: das wäre aber schon wieder urst cool, wenn ich das hingekriegt hätte.

die pseudo-psychologin: aber auf den nenner könne man es doch bringen: ich sei nicht imstande, mich als opfer zu sehen. sie höre sich all diese geschichten an, all diese projekte, die jetzt aus meinem kopf herausschössen, und ihr werde ganz angst und bange. all diese projekte, diese scheinprojekte, diese übersprungshandlungen. gut, vielleicht hätten die irgendeinen therapeutischen wert, sie wisse ja nicht, welche methode mein team verfolge. doch zunächst einmal müsse ich mich als das opfer sehen, das ich sei.

die optimale 14-jährige: das sei auch schwer zu begreifen, das sei etwas, was man erst nach und nach realisieren könne. im grunde verstehe sie mich sehr gut. ich sei eben noch nicht wirklich angekommen, ich lebte noch in meiner alten welt. das sei auch das, was sie gleich so fasziniert habe, denn ich hielte ja an dingen fest, die es längst nicht mehr gebe. an dingen und menschen, weil ich so abgeschnitten gewesen sei. und so seien menschen für mich nicht gestorben, die für den rest der menschheit längst gestorben seien. so seien verhältnisse aus meinem kopf nicht verschwunden, die ansonsten längst schon unauffindbar geworden seien, und das müsse ich jetzt nachholen. also das verabschieden von menschen, dingen und verhältnissen, das gehöre sicher zu den beschäftigungen, die ich jetzt so hätte. und das stelle sie sich todtraurig vor, um im jargon der 14-jährigen zu bleiben, den sie in ihrem forum so ausübe. denn es sei ja ein online-forum für 14-jährige, das sie betreue, d. h., sie nehme an, dass es 14-jährige seien, die sich da aufhielten – jedenfalls müsse ich mich eben verabschieden. sie stelle sich vor, das sei so, als stünde man vor einem überdimensionalen kühlschrank, aus dem man all die längst abgelaufenen lebensmittel herausnehmen müsse, und sei erstaunt, was man da alles gekauft habe. nur, dass es keine lebensmittel seien, sondern menschen und verhältnisse, deren existenz abgelaufen sei. sie sehe mich dastehen im eisig-blauen licht des kühlschranks und mit langsamen, beinahe mechanischen bewegungen diesen aussortierungsvorgang vornehmen. das sei schon ein irrsinnig trauriges bild. und gleichzeitig auch wieder komisch.

im netz hätten sie eine liste veröffentlicht, in der verzeichnet sei, was ich alles so verpasst hätte und was den leuten erwähnenswert erschienen sei. komplett könne so eine liste natürlich nicht sein, sonst müsste man alles aufschreiben, was sich ereignet habe, und natürlich einige man sich auf so mainstreamige dinge, »aber was soll's« – wie dem auch sei, sie habe meine medienaktionen genau verfolgt und müsse sagen: »super!« sie finde das großartig, wie ich das machte. was ich alles in der kurzen zeit schon aufgeholt hätte, finde sie phantastisch. sie sagten ja, ich saugte alles auf wie ein schwamm, auch so wissensmäßig, und das sei natürlich hammer.

der quasifreund: ob ich nicht wisse, dass ich niemanden überzeugen müsse, ich müsse nicht zeigen, was ich alles draufhätte. jemand wie er, das sage er frei heraus, müsse das natürlich andauernd tun, aber ich doch nicht. niemand erwarte das von mir.

der möchtegern-journalist: wieso? ich bekäme doch frei haus einen schnellkursus: wie funktioniert unsere liebe medienlandschaft? und ich hätte es eben vorgezogen, diesen schnellkursus am eigenen leibe durchzuexerzieren statt andere zu konsultieren.

die pseudo-psychologin: ich täte ja so, als wäre ich »frau medienkompetent«! ich dächte, ich redete mit meinesgleichen, wenn ich mit diesen medienmenschen redete, aber das könne ich nicht sein, das würde ich schon merken.

auf dem nachhauseweg, abgehängt

der quasifreund: ich würde ja von angstgefühlen verfolgt, habe er gelesen, ich würde von einschlafschwierigkeiten verfolgt.

die pseudo-psychologin: wo habe er das wieder her?

der möchtegern-journalist: es gebe doch undichte stellen! um jemanden wie mich herum gebe es immer undichte stellen. man könne mich abschotten, mich regelrecht einsperren, es würden sich immer menschen aus meinem umfeld finden, die losredeten, die erzählten, was sie nicht erzählen dürften. und um ein mindestmaß an umfeld komme man nicht herum. wenn jemand das jetzt vorschlagen würde, also wenn jemand mir jetzt eine umfeldlosigkeit wünschen würde, dann wären wir ja wieder bei der isolationshaft angelangt, aus der ich käme.

die pseudo-psychologin: sie wisse nur, so menschlich sei sicher jede menge bei mir liegengeblieben, da müsse ich noch einiges aufholen, sie meine nachholen.

die irgendwie-nachbarin: einen nachhilfeunterricht in menschenfragen brauchte ich.

die pseudo-psychologin: schritt für schritt würde ich erst lernen müssen, wie man mit anderen menschen umgehe.

die optimale 14-jährige: ein wissen, das man nicht aus büchern beziehen könne.

die irgendwie-nachbarin: also sie würde mir ein normales leben wünschen.

der möchtegern-journalist: ja, ein normales leben.

der quasifreund: unbedingt!

die pseudo-psychologin: nein, ein normales leben, das könne ich sowieso streichen, also ein wirklich normales leben. das sei ausgeschlossen, da brauche doch nicht alle welt so zu tun, als ginge das. das würde auch ich letztendlich verstehen müssen, natürlich wolle ich das, das sei verständlich, aber ich würde einsehen müssen, dass das auf absehbare zeit nicht möglich sei. dafür werde mein team schon sorgen, das ich mir erwählt hätte. dieses team würde ja alles tun, um mir das normale leben zu verunmöglichen.

der quasifreund: also er glaube nicht, dass das alleine schon aus technischen gründen möglich sei.
die pseudo-psychologin: aus technischen gründen?
die irgendwie-nachbarin: wenn schon mein umfeld kein normales leben mehr habe, wie solle dann ich erst einmal ein normales leben haben?
die optimale 14-jährige: ja, ein normales leben, davon könne ich höchstens träumen, aber warum sollte man mir diese träume nehmen?
der möchtegern-journalist: wer habe denn gesagt, dass ich von einem normalen leben träumte? vielleicht sei ich lieber »miss ausnahmezustand«?
die irgendwie-nachbarin: aber bitte – ich wolle ja sogar kinder kriegen. da habe sie sich gesagt: »jetzt ist sie völlig übergeschnappt.«
die pseudo-psychologin: auch in ihren augen machte ich mich verdächtig, wenn ich allzu euphorisch von meinem weiterleben spräche.
die irgendwie-nachbarin: also bei ihr läuteten da sofort die alarmglocken!
die pseudo-psychologin: richtig!
die optimale 14-jährige: ach, man werde mir sowas in den mund gelegt haben. also das mit der mutterschaft, das mache sich doch gut.
der quasifreund: ja, ich sagte das, was alle hören wollten, und in wirklichkeit sei ich längst über alle berge.

die optimale 14-jährige: wie könne er sowas behaupten, die bösen vermutungen, die habe sie satt.

die irgendwie-nachbarin: aber es wäre trotzdem an der zeit, dass ich stellung dazu bezöge, oder etwa nicht?

auf dem nachhauseweg, eingeholt

die pseudo-psychologin: noch mal: ich glaubte sicher, in ihr hätte ich eine feindin, aber ich hätte eben keine feindin in ihr, nur, man erspare mir nichts, wenn man so tue, als wäre nichts. selbst auf diesem heimweg aus der kneipe erspare mir man damit nichts. ich könne eben nicht ungestraft im fernsehen auftreten und interviews geben. ich müsse wissen, das habe konsequenzen, mein verfrühtes handeln. ich könne nicht so tun, als wäre ich irgendein star, der über die stränge schlagen könne, und drei sekunden später wolle ich ein normales leben. da müsse sie sagen: sie warte nur auf den nächsten zusammenbruch, der da kommen müsse, und insgeheim, das könne sie mir versichern, warteten sie alle auf diesen zusammenbruch, das sage man mir natürlich nicht, denn ich würde sie ja entlassen, die irgendetwas in dieser richtung äußerten. ich setzte sie dann einfach ab in meinem kleinen imperium, das ich natürlich sofort habe errichten müssen, weil es das einzige sei, was ich in all den jahren gelernt hätte. imperien errichten und machtstrukturen umdrehen. ich brauchte nicht zu glauben, das beeindrucke sie jetzt, ich brauchte nicht zu glauben, dass sie erschreckt zurückweiche, sozusagen in die laue abendluft entweiche und sich verdünnisiere in den nachtblauen himmel, wie ich das anscheinend von anderer seite her gewohnt sei. nein, an ihr könne ich mir die zähne ausbeißen. denn ich stünde am beginn einer langen reise, die erst jetzt losgehe, auch wenn ich glaubte, ich könne sie schon beenden.

aber das sei allein meine entscheidung, wer an dieser reise teilnehme und wer nicht.

in meinem wohnzimmer

das verschenkte nachwuchstalent: »wir kennen uns doch, wir kennen uns von früher, erinnerst du dich?« weil, er erinnere sich nicht, zumindest nicht so genau. man habe ihn mehrfach darauf aufmerksam machen müssen. man habe ihm fotos vorgelegt, und er habe sich natürlich gefragt, woher diese fotos kämen, also wer sowas in umlauf bringe – nein, keine panik, er habe mich ja auch aus dem gedächtnis gestrichen, anscheinend, was er eigentlich nicht fassen könne, jetzt, wo er mich so vor sich habe –, wie gesagt, man habe ganz schön gearbeitet, bis sich eine erinnerungsspur bei ihm eingestellt habe, und jetzt wisse er nicht, ob es wirklich die eigene erinnerung sei oder eine hineingepflanzte, weil, das sage man doch heute so oft, dass einem erinnerungen eingepflanzt würden, besonders, wenn man so in der öffentlichkeit stehe, wie er das tue. aber er wolle mir jetzt keinen vortrag über das eigenleben von erinnerungen halten, darüber wisse ich sicher viel besser bescheid, ich hätte ja auch mehrere versionen meiner geschichte veröffentlicht. sowas geschehe schnell in unserer mediengesellschaft, weil man ja auch immer gleich festgenagelt werde. aber er wolle mir jetzt hier auch keine vorträge über unsere mediengesellschaft halten, über die ich mittlerweile bestens informiert sein werde – wie dem auch sei, unser gedächtnis sei eben nicht unser bester freund, wie man immer sage, das habe auch er merken müssen. aber hey, er sei jetzt definitiv nicht die richtige person, um trübsal zu blasen, also solle ich nicht so dreingucken, er sei nämlich die person, die mir etwas spaß vermitteln könne. dazu sei er nämlich angetreten, bei diesem termin, zu dem man sich verabredet habe. das sei doch so ausgemacht gewesen, oder etwa nicht? seine agentur habe doch mit meiner agentur telefoniert und diesen termin vereinbart. warum stünde er sonst mitten in meinem wohnzimmer? wohl kaum einfach so.

ich sähe ja richtiggehend enttäuscht aus. dabei sei ich doch zurückgekommen, oder nicht? sicher, man erwarte sich jetzt von mir kein partyprogramm, aber hey, ich könne doch wenigstens aus meinem schneckenhaus rauskommen. ich sei doch zurückgekommen in eine welt, die ich auch einmal betreten solle.

also er habe wirklich das gefühl, ich brauchte jemanden, der an den spaß in meinem leben denke, denn von alleine würde ich das wohl nicht tun. sie alle dächten immer nur an meine gesundheit, aber was finge ich am ende mit all dieser gesundheit an?

dass ich es wahnsinns-geil fände, ihn zu treffen, habe er jetzt nicht erwartet, obwohl es da schon viele gebe, die sich die finger danach ableckten. klaro, das könne er jetzt von mir nicht erwarten. aber ich sähe ihn an, als wäre er aus dem fernseher gesprungen, direkt in dieses zimmer hinein, was er ja im grunde auch sei, im übertragenen sinn natürlich – ein scherz! – okay?

also anscheinend brauchte ich wirklich jemanden, der für den spaß in meinem leben zuständig sei, er könne das ausnahmsweise mal für mich erledigen, aber immer könne er das nicht tun. er werde sich ja sowieso bald verabschieden müssen, weil seine karriere rufe. die dürfe er nämlich nicht vergessen, das werde mir noch nicht klar sein, dass man das niemals dürfe.

also er wisse nicht, ob er der richtige ansprechpartner für mich sei, er meine, gesprächspartner, das richtige gegenüber. man werde ihn ohnehin bald ablösen, sicher komme bald jemand, der ihn ablösen werde, das habe man ihm zumindest gesagt. jemand, der sich auf diesem sofa vielleicht besser mit mir unterhalten könne, denn er habe den eindruck, ich reagierte nicht wirklich auf ihn. ich sähe ihn nur an, als wäre er ein gespenst. dabei sei ich hier das gespenst, wenn schon einer hier das gespenst sein müsse.

vielleicht fehle mir aber auch die art von informationsverarbeitung, um spaß zu haben, vielleicht fehle mir ein entscheidendes zwischenstück im kopf, ein spaßtransmitter sozusagen, vielleicht sei mir der abhanden gekommen über die jahre, oder gar rausoperiert? und so ruderte ich auf ewig im unterhaltungsfreien raum herum, und man müsse mir alles von a bis z erklären, was ihn jetzt so grundsätzlich nicht weiter stören würde – nur, er könne mir natürlich nicht andauernd alles von a bis z erklären, dazu reiche unsere gemeinsame zeit nicht, unsere gemeinsame sendezeit, wie man so sage, aber er könne mir versichern, er fühle sich schon geschmeichelt, dass ich ihn habe treffen wollen, pardon, habe wiedertreffen wollen.

aber was ich jetzt alles lernen müsse! er habe es ja gelesen: essen, gehen, stehen, schlafen, sprechen – das sei ein bisschen viel auf dem programmzettel, ob ich das nicht auch fände? er könne mich nun nicht bei all dem begleiten, so leid es ihm tue, er lebe ja, wie gesagt, auch auf einem anderen level. also er gehe jetzt nicht mit mir in die küche und räume auf wie so ein sozialarbeiter.

wie gesagt, er habe den verdacht, er sei nicht der richtige ansprechpartner für mich, er wisse nicht, warum man ihm diesen termin gemacht habe. der dauere doch sicher schon länger als die verabredeten 20 minuten – was, noch keine 20 minuten? er habe gedacht, 20 minuten wären schon längst vorbei. jedenfalls werde man ihn bald abholen kommen, also jemand werde doch kommen, um ihn abzulösen. das würden meine leute doch so arrangiert haben. denn am ende würde ich sonst noch so einiges falsch verstehen, und das bringe ihm dann unheimlich viel schlechte publicity. jemand wie ich verstehe doch sicher alles mögliche falsch, er habe ja jetzt schon das gefühl, in einige der wohlvorbereiteten fettnäpfchen getreten zu sein.

oder man werde sagen: »wo bleiben die dosierungen?« die welt in dosierungen, das verlangten sie doch andauernd. man solle mir die welt in dosierungen verabreichen. das könne er aber nicht. er selbst habe sie ja auch nicht in vernünftigen dosierungen verabreicht bekommen – nein, er halte da eher voll drauf, er sei eben mehr so ein fun-typ, und das wolle er jetzt auch endlich wieder haben: fun. und insofern könne er sich nur wundern, warum niemand komme, um ihn abzulösen. er könne ja schlecht einfach gehen, denn alleine könne man mich wohl nicht lassen.

also er habe nun wirklich keine zeit mehr für mich, und wir hätten uns ohnehin zur genüge kennengelernt – aber ich reagierte noch immer nicht. also das finde er langsam etwas unprofessionell, dass ich nichts sagte. meine chance auf eine bekanntschaft mit ihm hätte ich jetzt vertan. irgendwie sei ihm das langsam, aber sicher etwas peinlich. man könne ja direkt ins grübeln kommen, ob ich die gesprächspartnerin sei, als die ich angekündigt worden sei. vielleicht befinde er sich in der falschen wohnung, vielleicht sei er in eine unpassende wohnung eingetreten und rede jetzt mit einer person, die gar nicht ich sei, obwohl alle sagten, dass er hier einen termin habe, der meinen namen trage. aber vielleicht sei das nur eine seiner verrückten ideen, die er manchmal habe.

ich werde doch nicht kollabieren oder sonst einen unsinn machen, etwa behaupten, wir seien ein paar oder solchen unfug. irgendeine geschichte daraus drehen. das würde er nämlich gar nicht gut finden, da müsse er sich etwas überlegen. da müsse er mit seinen anwälten sprechen. ich würde doch auch meine anwälte haben, oder? wenn ich wolle, könne ich die gerne anrufen. da liege ja das telefon. nur zu! die könnten mir nämlich erklären, was ich machen dürfe und was nicht. oder meine pr-frau, was wisse er!

na, wie dem auch sei, er könne nicht mehr ewig warten, er werde sich jetzt verabschieden, er haue jetzt ab, er habe hier nichts mehr verloren.

von draußen

die optimale 14-jährige: sie meine, ich hätte allen einen riesenschrecken eingejagt mit meiner aktion. man habe sich gesagt: »auweia, so fit ist sie noch nicht!«

die pseudo-psychologin: das zeige doch nur: man könne mich nicht rauslassen.

die irgendwie-nachbarin: ja, ich sei nicht eben sehr höflich gewesen. aber ich sei ja auch sonst nicht sehr höflich, auch zur presse nicht höflich, obwohl die derzeit ohnehin nicht mit mir spreche. man erledige das sprechen mit meiner familie, man erledige das mit dem freundeskreis, man erledige das mit der nachbarschaft, die dann meine unhöflichkeiten ausbaden dürften.

die pseudo-psychologin: jedenfalls, jetzt habe man den salat.

der quasifreund: jetzt habe man den salat?

die pseudo-psychologin: naja, man könne sich ja ausrechnen, wie weit mich sowas zurückwerfen werde.

der möchtegern-journalist: ein klein wenig sei ich doch selbst schuld.

die pseudo-psychologin: sie frage sich, was mit meinem team los sei, ob das überhaupt noch vorhanden sei.

der möchtegern-journalist: er könne sich das genau ausmalen, wer das wieder sei, welche pappenheimer da mittlerweile zusammenkämen, nachdem ich die ersten rausgeschmissen hätte. da brauche man ihm nichts zu erzählen, er könne nur sagen: dieses »team 2« habe sich doch von vorneherein selbst disqualifiziert.

im wohnzimmer

die irgendwie-nachbarin: vorbei seien die zeiten, als man mir ein normales leben gewünscht habe!

der quasifreund: ja, die seien wahrlich vorbei und mit vorbei die alte entscheidungsfreiheit.

der möchtegern-journalist: aus der hätte ich mich selbst hinauskatapultiert.

die irgendwie-nachbarin: und hineinkatapultiert in die medienecke.

der quasifreund: welche spielräume blieben mir noch?

die pseudo-psychologin: spielräume? ich fiele mehr und mehr in meine alten muster zurück, muster, die nicht immer angenehm seien. ich hätte ja das monströse in mich aufnehmen müssen, um mit ihm umzugehen. also man müsse mir nicht gleich prophezeien, dass ich eine art diktatur aufbaute, wie ich sie erlebt hätte, also eine diktaktur im übertragenen sinn, aber logischerweise würde ich keine anderen machtstrukturen aufbauen können als die, die ich selbst kennengelernt hätte, nur, dass ich jetzt auf der anderen seite stünde. aber da könne ich mir bei ihr die zähne ausbeißen.

die irgendwie-nachbarin: ich hätte ja überhaupt so ein herrisches wesen.

die pseudo-psychologin: richtig, ich liefe gefahr, eine prinzessinnendiktatur zu errichten, eine zunächst team-interne prinzessinnendiktatur, die sich aber bald schon ins team-externe auswachse.

die irgendwie-nachbarin: eine prinzessinnendiktatur, die mir über den kopf wachse!

der möchtegern-journalist: also ob er die ständigen entlassungen gut finde, wisse er jetzt nicht. ich wechselte ja andauernd meine leute aus, ich hinge ständig am telefon und wechselte meine leute aus, er kriege das mit, das solle ich nicht glauben, dass er das nicht mitkriege und sich nicht seinen reim drauf mache. man wisse ja, was das bedeute, wenn jemand andauernd seine leute auswechsle!

der quasifreund: auf dauer mache sowas natürlich unsympathisch.

die optimale 14-jährige: auf dauer mache sowas unsympathisch. umgekehrt halte sie nicht viel von der hexenjagd, die jetzt einsetze, das könne sie nun auch wieder nicht befürworten.

die pseudo-psychologin: ja, das sei schon erstaunlich, wer sich alles zu dieser hexenjagd aufschwinge!

die irgendwie-nachbarin: aber ich sei schon ein wenig selbst schuld, denn ich wirkte immer so putzmunter, das verstehe sie nicht.

die pseudo-psychologin: also das sei ja deutlich zu sehen, wie es da hinter meiner fassade arbeite, um ein bild aufrechtzuerhalten.

der möchtegern-journalist: »da kennt sich jemand wieder total aus«, habe er den eindruck, »das ist wieder typisch, wer hier seine expertenstimme erhebt! wer wieder seinen senf dazugeben muss!«

später, in meiner küche

die pseudo-psychologin: ob ich vergessen hätte, dass ich alles richtig machen müsse!

die irgendwie-nachbarin: nein, sie glaube nicht, dass ich das vergessen hätte, ich wolle nur nicht.

die optimale 14-jährige: ich machte ja, was ich wolle!

die pseudo-psychologin: sie meine, so dünn wie ich gewesen sei, hätte ich ja auch nicht bleiben können.

der möchtegern-journalist: und jetzt äße ich eben!

die irgendwie-nachbarin: was solle man da machen!

die pseudo-psychologin: man dürfe das nicht rein negativ sehen.

der möchtegern-journalist: »fakt ist«, meine schonzeit sei vorüber. denn warum sonst diskutierte man diese dinge hier.

die optimale 14-jährige: könne man mich nicht einmal in ruhe lassen? ein jeder sehe doch, dass ich jetzt hier in ruhe meine lasagne essen wolle!

der quasifreund: »was heißt hier ruhe?« sie verfolgten meinen werdegang und wollten natürlich eine erfolgsge-schichte sehen, und so eine erfolgsgeschichte fange eben nicht mit einer lasagne an, eine erfolgsgeschichte fange nicht mit irgendeinem nudelgericht an, das man in sich hineinstopfe.

die optimale 14-jährige: frustessen sehe anders aus, könne sie nur sagen. sie finde eine doppelte portion lasagne normal, in anbetracht dessen, was ich durchgemacht hätte.

die pseudo-psychologin: was normal sei und was nicht, sei ja eine strittige sache, das sei sozusagen relativ. aber sie finde auch, es wäre besser, ich ließe das mit dem essen. also ihr würde ja der appetit vergehen, wenn sie sich anschaue, wie es hier aussehe. ob ich den zustand meiner wohnung einmal wahrgenommen hätte?

die irgendwie-nachbarin: entsetzlich!

die pseudo-psychologin: habe sie es nicht gesagt: außenwelt und innenwelt! das entspreche sich eben!

die irgendwie-nachbarin: und doch: ich würde ja immer selbstbewusster werden, und sowas verzeihe man mir nicht.

die optimale 14-jährige: nein, sie wolle nicht wieder auf mein prinzessinnengehabe zu sprechen kommen!

die pseudo-psychologin: darum werde man aber nicht herumkommen.

die pseudo-psychologin: man habe mich ja schonen wollen, aber da draußen würde man mich nicht schonen. das bringe also gar nichts, wenn man hier drinnen eine schonzeit einführe.

die irgendwie-nachbarin: erst einführe und dann wieder ausführe, nachdem man mich überführt habe.

der möchtegern-journalist: genau, meine schonzeit sei vorüber, das habe er jetzt schon mehrere leute sagen hören.

die pseudo-psychologin: ich hätte ja jede menge freundlichkeit erhalten, so als krankheitsgewinn. also das nenne man doch krankheitsgewinn, was ich jetzt durchmachte. und ich hätte ja mehr von diesem krankheitsgewinn abbekommen, als mir zustehe. außerdem wisse man doch, diese freundlichkeit habe eine halbwertszeit.

die irgendwie-nachbarin: ein verfallsdatum!

die pseudo-psychologin: und das dürfte jetzt erreicht sein.

der quasifreund: genau, ich dürfe nicht glauben, dass alles automatisch so weiterlaufen werde wegen meiner vergangenheit.

der möchtegern-journalist: irgendwann sei jede vergangenheit aufgebraucht, da könne ich mir sicher sein.

die pseudo-psychologin: ja, eine vergangenheit dürfe nicht zu lange dauern.

der quasifreund: und es helfe nichts, sie künstlich zu verlängern.

der möchtegern-journalist: also er bezweifle, dass ich die lukrative geldanlage geworden sei, die man sich versprochen habe, weil, sowas wie eine lukrative geldanlage hätte ich schon werden sollen, würden sich viele sagen, wo man doch so viel in mich hineingesteckt habe. all die gratisarbeiten, die für mich gemacht worden seien, all die aufmerksamkeitsleistungen, zuhörleistungen, die sollten natürlich schon irgendwie zinsen bringen. da würden sich schon einige ärgern. was ihn natürlich freue.

im badezimmer

die optimale 14-jährige: nicht, dass sie meinen status mindern wolle, aber, wo sie wieder einmal mit mir vor einem spiegel stehe, müsse sie mich doch fragen, ob mir überhaupt meine parallelfälle bekannt seien, die jetzt allerorts auftauchten, diese parallelfälle, die mir zwar immer noch hinterherhinkten an popularität, die aber schon gewaltig aufholten, und bald hätten sie mich eingeholt. ja, es gebe die ungarischen fälle, die japanischen fälle, die amerikanischen fälle, die natürlich zuallererst. also sie kriege jetzt andauernd parallelfälle auf ihren schreibtisch, die ihr sagten, das sei gar nicht so außergewöhnlich, wie alle immer täten, das gebe es überall, man habe es bisher nur noch nicht so bemerkt. das habe mein fall geleistet, dass man jetzt aufmerksam auf so etwas werde.

die irgendwie-nachbarin: schnee von gestern, das sei ich geworden.

der möchtegern-journalist: es sei schon erstaunlich, wie schnell das gehe.

der quasifreund: da stünde ich in der öffentlichkeit rum und dächte nicht daran zu verschwinden.

der möchtegern-journalist: er meine, kaum zu glauben, wie schnell alle wieder das interesse verlören, aber das sei eben die berühmte halbwertszeit.

der quasifreund: jetzt könne ich eigentlich wieder verschwinden. das sei aber nicht seine meinung, da solle man ihn nicht falsch verstehen, das sagten nur die meisten.

die pseudo-psychologin: und ich hätte ja nun wirklich jede menge aufmerksamkeit bekommen.

der möchtegern-journalist: er müsse sagen, rein taktisch wäre es besser für mich, es wäre mal langsam schluss mit mir. denn die leute seien genervt und wollten nichts mehr von mir hören.

der quasifreund: man entkomme diesen berichten ja auch gar nicht.

die optimale 14-jährige: also sie entkomme mir durchaus, wenn sie wolle.

die pseudo-psychologin: nur, sie wolle wohl nicht, habe sie recht?

die irgendwie-nachbarin: schnee von gestern sei ich geworden, man könne mich nicht mehr sehen, man könne mich nicht mehr hören und müsse es fortwährend.

der quasifreund: ich solle jetzt langsam mal verschwinden, aus der öffentlichkeit verschwinden!

die irgendwie-nachbarin: wahrscheinlich hätte ich keine ahnung, wie sehr ich den leuten auf den wecker ginge.

der möchtegern-journalist: also er müsse das jetzt einfach mal sagen: das einzige, was ihn noch interessiere, sei die frage nach dem ganzen geld.

die optimale 14-jährige: welchem ganzen geld?

der möchtegern-journalist: den spendengeldern, den mediengeldern, den öffentlichen zuschüssen und subventionen. da seien doch hübsche summen geflossen.

der quasifreund: ja, das würde ihn jetzt auch interessieren!

der möchtegern-journalist: das wolle er schon betonen, er sehe das eher sachlich, also die frage: wohin sei es verschwunden?

die pseudo-psychologin: da bedienten sich doch längst schon andere bei mir. jemanden wie mich könne man doch leicht ausnehmen. man brauche mich doch bloß einmal anzusehen!

der quasifreund: nein, man sei ja nicht so, ich solle ruhig geld zur verfügung haben, aber dass sich die anderen bedienten, das wolle man nicht.

die irgendwie-nachbarin: ja, mir solle es schon irgendwie gutgehen.

die optimale 14-jährige: das täte ihr jetzt schon leid, wenn es mir schlechtginge.

die pseudo-psychologin: sie meine, sie alle hätten sich gewünscht, dass ich einen guten start in mein neues leben hätte, das hätten mir weiß gott alle gewünscht, aber nicht, dass es so ausgehe.

der quasifreund: was heiße hier: »ausgehe«? die sache sei noch lange nicht an ihrem ende!

die irgendwie-nachbarin: ja, da habe er beileibe recht!

der möchtegern-journalist: »kommt jetzt ohnehin bald raus: es war alles erstunken und erlogen.« also da werde direkt sein journalistisches ethos wachgekitzelt, da jucke es ihm in den fingern, dem nachzugehen, gewisse fragen zu stellen, die niemand stelle.

die irgendwie-nachbarin: sie warte sowieso nur darauf, was jetzt noch kommen könne. sie meine, sie habe es von anfang an gewusst!

der quasifreund: aber am ende würde ich ja doch dafür sorgen, dass nichts rauskommen werde. ich hätte die medien sozusagen in der hand.

der möchtegern-journalist: na, na, das werde sich noch zeigen, wer da wen in der hand habe.

kurze zeit später

der quasifreund: ob ich nicht wüsste, was die anderen sagten: ich sei das monster, mit dem man jetzt umgehen müsse.

die irgendwie-nachbarin: ach, zeigte ich jetzt mein wahres gesicht?

die pseudo-psychologin: sie lese diese zeitungen ja nicht, aber wahrscheinlich heiße es jetzt: niemand wisse genau, was sich hinter der maske äußerster kontrolle verberge.

der möchtegern-journalist: er lese die zeitungen, und er könne bestätigen: ja, das sei der fall.

die pseudo-psychologin: ich wisse wahrscheinlich nicht einmal selbst, wie abstoßend ich sei.

die irgendwie-nachbarin: sie könne nur sagen, ich sei ein alptraum, aus dem man erwachen wolle.

der möchtegern-journalist: also er erwache durchaus. er mache sogar noch andere sachen, er sehe sich beispielsweise die sache genauer an.

der quasifreund: er für seinen teil wolle mir beispielsweise erst gar nicht begegnen, habe er das schon gesagt?

die irgendwie-nachbarin: sie würde das auch lieber bleiben lassen, da täten sich ja abgründe auf, in die wolle man nicht hineinblicken.

die irgendwie-nachbarin: man stelle sich vor, dass menschen wie ich in eine entscheidungsposition kämen.

die pseudo-psychologin: was? träumte ich wieder von einer medienmacht? eines tages würde ich mich mit meinen allmachtsphantasien auseinandersetzen müssen und mich mit dem kläglichen häufchen elend, das dahinterstecke, konfrontiert sehen.

der quasifreund: ja, er würde mir lieber keine waffe in die hand geben.

die irgendwie-nachbarin: wie? man habe mir eine waffe gegeben?

die pseudo-psychologin: quatsch, wer komme denn auf sowas?

der quasifreund: na, die rache an allen. habe sie doch selbst gesagt.

die pseudo-psychologin: habe sie nicht. andere leute mögen so eine phantasie haben, sie mit sicherheit nicht, außerdem: wer habe mir um himmels willen eine waffe in die hand gegeben?

der quasifreund: habe er es nicht gesagt?

ins ohr

die optimale 14-jährige: sie könne im prinzip verstehen, warum eine wie ich losziehen wolle und alle umballern. obwohl ich das natürlich nicht machte, dazu sei ich ja viel zu intelligent. sie meine, umballern im übertragenen sinn. sie würde auch schluss machen wollen, wenn sie in meiner position wäre. da würde sie in manch einen amoklauf verfallen. das kenne man doch, gerade aus dem 14-jährigenbereich kenne man diese amokläufe, obwohl es meist innere amokläufe seien und selten äußere. d. h., mädchen machten eher innere. aber es würde sie nicht wundern, wenn aus meinem ein äußerer werde, weil ich ja auch kein mädchen im engeren sinn sei. wie gesagt, sie glaube ja nicht, dass ich einfach alles über den haufen schösse, aber sie sei ja auch nicht ich, und deswegen könne sie es letztendlich nicht so genau wissen, da müsse man unterschiede machen, so zwischen ihr und mir, das dürfe man jetzt nicht durcheinanderbringen. aber sie habe das gefühl, man bringe es durcheinander, man werfe ihr vor, sie würde jetzt am liebsten einen amoklauf veranstalten, dabei sei ich das ja, die das wolle. das solle ich ihnen mal sagen, denn langsam bekomme sie probleme deswegen. und das wolle ich doch sicher nicht, dass sie probleme wegen mir bekomme, oder?

gleichzeitig

die irgendwie-nachbarin: wie viel lebenszeit in mich hinein-
geflossen sei und nicht wieder rausgeflossen!

der quasifreund: was man alles hintangestellt habe für
mich!

die pseudo-psychologin: also sie versuche jetzt einmal, absti-
nent zu leben.

der quasifreund: er glaube nicht, dass man das so einfach
könne.

die pseudo-psychologin: ach, mit einer gewissen willens-
anstrengung – durchaus zu machen! ist natürlich nicht
jedermanns sache.

der möchtegern-journalist: er würde jedenfalls sofort durch-
greifen, wenn man ihn nur ließe.

die irgendwie-nachbarin: also sie ignoriere mich jetzt voll-
kommen.

die pseudo-psychologin: richtig!

ins ohr

die optimale 14-jährige: wie gesagt, sie könne es schon verstehen, wenn ich durchdrehte. ich müsse ja nicht gleich los-
ballern, mein gott, das sei ja auch irgendwie eine kitschige
vorstellung, vielleicht könne ich was anderes machen. sie
könne sich das nicht für mich ausdenken, das müsse ich
hübsch selber machen, aber sie fände was aggressives
grundsätzlich besser als sowas maso-mäßiges, also so
gendermäßig wäre ich da besser getuned, wenn ich mal
ordentlich zuschlüge und nicht irgendwie einknickte. das

hätte zudem den angenehmen nebeneffekt, dass man sie nicht mehr mit mir verwechsele, also dass die abstände klar seien. dass man nicht mehr hinter ihr her telefoniere, dass man sie nicht mehr belagere und frage, was mit ihr los sei. warum sie so komisch sei. ihr dieses problem oder jenes einrede. dass man sie nicht mehr fertigmachen und ihr dinge vorwerfen würde, die sie nicht getan habe. dann wüssten alle: ich sei ich, und sie sei sie. also das sei doch nicht zu viel verlangt, oder?

jetzt

danach. an der frischen luft

die optimale 14-jährige: nichts. sie sage nichts. was solle sie auch sagen: in ihrem forum sei die hölle los gewesen, als man das erfahren habe, aber da sei sowieso schon länger die hölle los wegen mir. der tenor der postings sei gewesen: das könne doch nicht wahr sein. man sehe sich getäuscht, das verzeihe man mir nie!

eine eher gesunde reaktion von 14-jährigen, finde sie, aber sie habe dennoch eine verteidigungsstellung eingenommen. sie habe versucht, denen klarzumachen, dass sie jetzt nicht über mich herfallen dürften. aber so sei das eben mit den 14-jährigen. kaum sei man kein 100%iges vollopfer mehr, sondern nur noch ein, sagen wir mal, 99%iges oder 98%iges teilopfer – also die genauen zahlen wisse sie jetzt nicht, die könne man sich aber sicher übers netz besorgen –, fielen sie über einen her, was ich durchaus hätte wissen können. und diese wut sei letztendlich auch auf sie übergesprungen von ihren forumsnutzern, da bleibe ja auch immer etwas an der forumsleiterin hängen.

der quasifreund: gut, dass er sich rechtzeitig aus der geschichte verabschiedet habe.

die pseudo-psychologin: gut, dass man raus sei.

der möchtegern-journalist: man habe doch ohnehin die ganze zeit über gedacht, so leicht komme die nicht davon.

die pseudo-psychologin: man habe genau im richtigen moment den raum verlassen.

die irgendwie-nachbarin: man habe strenggenommen nicht zugesehen.

die optimale 14-jährige: also sie müsse gestehen, sie habe sich plötzlich schon in der reihe derer wiedergefunden, die mich beschimpften.

die irgendwie-nachbarin: also sie habe sich selbst nicht wiedererkannt, wie bösartig sie geworden sei.

die pseudo-psychologin: ich hätte eben auf sie abgefärbt, und dann habe man eben mal so handeln müssen. da solle man sich nun keine vorwürfe machen.

die irgendwie-nachbarin: aber man hätte mich nicht so bestraft sehen wollen. furchtbar. wenn sie bedenke, bei meinem trauma.

der möchtegern-journalist: was heiße hier »bestraft«?

der quasifreund: naja, man lebe eine ganze weile mit und wolle dann nicht so einfach im regen stehengelassen werden.

die optimale 14-jährige: trotzdem, sie hätte es auch nicht für

möglich gehalten, dass sie sich an so einer aktion beteiligen könne. sie hätte sich für ausgeglichener gehalten.

die irgendwie-nachbarin: na, kein wunder: schließlich habe
sie wegen mir jede menge versäumt! wenn sie beispielsweise überlege, was sie wegen mir alles nicht gemacht habe.

der möchtegern-journalist: er sei ja nicht so unreflektiert wie
diese leute, die auf mich einschlügen, ob jetzt gerichtlich
oder auf irgendwie andere weise, und dennoch müsste
auch ich es wissen: der ottonormalverbraucher ticke bei
sowas aus.

der quasifreund: was mache man eigentlich noch hier? sei
jetzt nicht zeit abzudüsen?

die irgendwie-nachbarin: man habe ja noch ein eigenes leben.

die pseudo-psychologin: genau: man habe ja noch ein eigenes
leben!

der quasifreund: ein leben, bei dem man sich nicht hinten
anstellen müsse.

die irgendwie-nachbarin: sie verbitte sich das, sie brauche
nicht zu ihrem eigenen leben zurückkehren, sie sitze
schon mittendrin. sie gehe jetzt nach hause, wo ihre bekannte auf sie warte, sie mache ihre arbeit.

die pseudo-psychologin: und sie lese über diesen neuen fall,
der sich da aufgetan habe, man müsse sich ja informieren.

der möchtegern-journalist: was für ein neuer fall?

der quasifreund: noch nicht gehört?

die irgendwie-nachbarin: ach, du meine güte!

die pseudo-psychologin: ja, unglaublich! aber das sei eben unsere gesellschaft, die das ermögliche.

die irgendwie-nachbarin: ach, du meine güte!

die optimale 14-jährige: jetzt gehe alles wieder von vorne los:

die interaktive chronik, der grundriss, die fotostrecken. die expertenrunden.

der quasifreund: eines wisse er bestimmt, diesmal sehe er sich die passanten ganz genau an, damit ihm nicht wieder so ein fehltritt unterlaufe. diesmal verhalte er sich wirklich professionell.

der möchtegern-journalist: er setze sich in jenes kaffeehaus und warte ab. diesmal habe er sein equipment dabei, ganz sicher. seine ausrüstung, damit er diesmal gleich loslegen könne.

die optimale 14-jährige: ja, diesmal traue sie sich wirklich ran.

deutschlandfunk

krankenhaus neukölln, zimmer 243, montag, 23.8., 11.10 uhr,
radiostimmen

– die ganz schnelle antwort, die hätten sie nicht parat, hat
der pressesprecher gesagt. aber wer hat die schon? es gilt
jetzt abzuwarten, bis eine normalisierung eintritt. es gilt
zurückzukehren zu einem alltag, den man übereilt verlassen hat.

– retrospektiv nehmen die dinge gerne eine andere farbe
an, das darf man nicht vergessen. sie haben dann eine andere temperatur, sie sind dabei abzukühlen und sehen
dann anders aus.

– so retrospektiv betrachtet, wäre man gern näher ran-
gegangen.

– aber richtig zu sehen war ja eigentlich nichts, oder?
d. h., nicht so viel, wie man sich immer vorstellt. eigentlich
schade, wenn man so überlegt.

– man hätte zumindest gerne mehr gesehen.

– aber noch sind wir mitten drin, noch sind die dinge ja
am laufen, meine damen und herren.

– die dinge sind ja immer im laufen.

– man habe glück gehabt, hat der pressesprecher eben
wiederholt. das hätte anders ausgehen können. aber das
geschick, die beharrlichkeit und der opfermut der eingrei-

fenden kräfte hätten zu dem glücklichen ausgang beige-
tragen.

– man hat glück gehabt.

– es wird immer übertrieben. damals bei tschernobyl hat
man sich auch weiß gott was vorgestellt, und dann ist
doch nichts passiert.

– naja, was heißt hier: nichts passiert?

– es empfiehlt sich in jedem fall hervorzuheben, wie ko-
operativ die menschen geworden sind.

– man soll nicht glauben, das käme nicht an, das kommt
alles an. umfassende solidaritätsaktionen genauso wie
spontane nachbarschaftshilfe.

– das kommt alles an. nicht zu vergessen, die unglaubliche spendenwut. das rote kreuz hat die konten sperren
müssen, weil sie nicht mehr wussten, wohin mit den gel-
dern.

– letztendlich ist man eben auch in dieser hinsicht eine
gebernation.

– auch wenn es uns selbst betrifft.

– wir sind immer noch zu hilfe geeilt, wenn es irgendwo
fehlte.

*

– doch vollständige entwarnung wird nicht gegeben, vollständige entwarnung kann auch gar nicht gegeben werden. das ist eben die situation, mit der man leben muss. in
erwartung, dass so etwas noch mal passiert.

– immer auf der lauer liege er aber nicht, hat eben der
junge radiohörer aus bremen gesagt, und dem kann man
nur beipflichten.

– da ist die anruferin aus stuttgart anderer meinung. man solle zwar den teufel nicht an die wand malen, aber eine gewisse wachsamkeit sei doch unumgänglich.

– schließlich gilt es, eine form von alltag zusammenzubringen.

– hier war eben jemand in der leitung, der sich schon schwerer tut. die gelder seien bei ihr noch immer nicht angekommen. die hilfsgüter habe sie nicht gesehen, sagt eine dame, die lieber nicht genannt werden möchte.

– es muss sie auch geben, die profiteure von solchen situationen. die wird man immer finden.

– es ist nur verständlich, dass die menschen wieder in ihren alltag zurückkehren wollen.

– es sei verständlich, dass sie antworten erhalten wollten, gibt herr meier aus dresden zu bedenken, man dürfe sie nicht immer abwimmeln.

– aber hin und wieder kann auch diese stelle hier nur ihre hilflosigkeit bekanntgeben.

– kein wunder: selbst die öffentlichen stellen sind überlastet.

– man bekommt die betreffenden institutionen nicht ans telefon.

– immer sei sie ansprechbar gewesen, betont die regierung, immer habe sie sich in bereitschaft gehalten, das könne man nachträglich nicht einfach anders behaupten. immer habe sie die ohren offen gehabt für die probleme der bevölkerung.

– doch kaum lässt der mediendruck nach, bekommt man sie nicht mehr ans telefon.

– und auch wir können die bürger immer nur wieder auffordern: kehren sie zurück an ihren arbeitsplatz! gehen sie einkaufen, verbringen sie zeit mit ihrer familie, wenden sie sich wieder ihrem leben zu!

– diese vorschläge werden gerne aufgegriffen. wenn auch nicht ausreichend umgesetzt.

– auch die betreffenden institutionen, beispielsweise das bbk, das bundesamt für bevölkerungsschutz und katastrophenhilfe, bekommt man nicht ans telefon. ans telefon, an dem sich so einiges sagen lässt.

– z. b.?

*

– die anruferin von vorhin möchte sich noch einmal zu wort melden und fragen: hat man jetzt überlebt?

– wie?

– sie meint: hat man jetzt überlebt, oder kommt noch was auf uns zu?

– ich weiß nicht. in der sondersendung vor einer stunde haben sie darüber nichts gesagt.

– es ist ja nicht klar, ob es vorbei ist.

– doch, man hat überlebt.

– aber vollständige entwarnung wird nicht gegeben.

– vollständige entwarnung kann gar nicht gegeben werden, das ist nun mal die situation, mit der man leben muss.

– formulieren wir es mal so: diese erfahrung habe die meisten nicht unangetastet gelassen, meint herr berger aus bischofsheim. sprechen wir über die merkwürdige stille, die an den betreffenden orten geherrscht hat.

– ja, ist es nicht so? wenn die ersten schreiereien an den u-bahnstationen stattfinden, weiß man, es ist vorbei. wenn die menschen wieder grußlos aneinander vorübergehen, dann ist man wieder angelangt im alltag.

– eine gute messlatte. das funktioniert also noch, hat man sich spontan und erfreut gesagt.

– daran erinnert sich doch ein jeder gerne zurück, an diese freiwilligkeit bei den menschen.

– sie sei sich sicher, so frau merker aus lüneburg, wer fachliche kompetenzen aufzuweisen habe, zeige diese auch gerne her.

– und doch: es hätten sich grauzonen gebildet, grauzonen in unserem sicherheitsdenken, möchte herr zikowski aus ingolstadt zu bedenken geben.

– die hörerin aus schwalmstadt würde gerne auf den hörer aus regensburg reagieren, der vorhin gesagt hat, er habe niemanden erreichen können. die zuständigen behörden hätten dichtgemacht. dieses problem sei ihr nur zu bekannt. es sei bis zum heutigen tag schwierig, überhaupt jemanden zu erreichen.

– das behördenproblem wurde an anderer stelle zur genüge diskutiert. außerdem kennt doch der großteil der bevölkerung die telefonnummern, die gewählt werden müssen.

– vielleicht sind sie aber doch nicht so bekannt?

– die hörerin aus schwalmstadt möchte dem noch was hinzufügen: die gründung von selbsthilfegruppen sei ein probates mittel. ein problem entstehe nur, wenn es sich um grundlagen gesellschaftlichen verkehrs, um infrastrukturfragen handle. mit selbsthilfe habe man noch kein funktionierendes stromnetz aufgebaut.

– nur mal hypothetisch?

– nur mal hypothetisch.

– herr kasten aus bayern möchte der aussage der hörerin aus schwalmstadt und des hörers aus regensburg hinzufügen: er habe noch immer alle erreicht. bei der donauüberschwemmung vor zwei jahren, um mal ein beispiel zu nennen, habe man sofort ein notfalltelefon eingerichtet.

– sie möchte zu bedenken geben, ob man die donauüberschwemmung mit der situation der letzten wochen vergleichen könne?

– auch frau berger aus quedlinburg hat ganz andere erfahrungen gemacht. – frau berger, möchten sie uns von ihren erfahrungen erzählen? – frau berger möchte nicht erzählen.

– sie würde gerne dem gesagten noch etwas hinzufügen, sagt die zugeschaltete dame aus bielefeld, zu dem, was der herr aus bremen – oder war es ingolstadt?

– ingolstadt!

– was der herr aus ingolstadt vorhin gesagt hat. man dürfe das kind nicht mit dem bade ausschütten. und doch müsse man die ängste der bürger ernst nehmen.

– die hörerin aus schwalmstadt möchte noch mal auf den hörer aus regensburg reagieren, sie würde gerne –

– der hörer aus regensburg hat aufgelegt.

– schade. die hörerin aus schwalmstadt fragt nach, ob sie trotzdem weiterreden dürfe. die hörerin aus schwalmstadt sei nämlich nicht religiös, aber ihr sei doch etwas aufgefallen. man habe es allgemein erwartet.

– der hörer aus regensburg hat aufgelegt. ebenso die hörerin aus sindelfingen, der freundliche herr aus bochum sowie die dame aus meckenheim.

– nur die dame, deren name nicht genannt werden soll, ist noch dran.

– was macht sie?

– sie wartet ab.

– wie? worauf wartet sie?

– … möchte herr schreiner wissen. wer antwortet ihm? sie, frau wisotzki? oder lieber sie, herr kleinschmidt?

– wer möchte antworten?

– die sprechzeiten sind begrenzt, das ist sicher auch den beiden gesprächsteilnehmern aus pasewalk bekannt, die sich gemeinsam hier zu wort melden.

– sozialpolitik muss jetzt leider außen vor bleiben.

– die zeit ist knapp.

– ja, verrückt, wie schnell alles vergangenheit wird.

*

– wie gesagt, es ist verrückt, wie schnell etwas vergangenheit wird.

– aber sehen sie, möchte es eine zugeschaltete dame aus heilbronn mal so formulieren, das sei ja gerade das unheimliche, die spektakulären bilder gehörten doch längst der vergangenheit an.

– so zu tun, als wäre nichts geschehen, das komme ihm aber gar nicht in den sinn, meint der anrufer aus itzehoe. also wer sowas behaupte, der wisse nicht, was hier los war.

– und nein, die anruferin möchte noch immer nicht genannt werden, aber sie würde sich schon auch der meinung der dame aus heilbronn anschließen: zu sehen sei eigentlich nicht viel gewesen.

– man habe sich ein wenig mehr erwartet.

– die anrufer aus pasewalk: es wäre besser, manche würden schweigen, aber das ist nun mal unsere demokratie.

– hier werden alle gehört, auch wenn sie nicht unbegrenzte redezeit haben.

– sie möchte nach wie vor nicht genannt werden, aber sie möchte noch einmal nachfragen, was mit den betroffenen jetzt geschehe?

– auch die hörerin aus schwalmstadt glaubt, sie spreche im namen aller, wenn sie sage, das werde im falschen licht dargestellt.

– mit einem regelrechten wutanfall meldet sich diesbezüglich eine dame aus wiesbaden …

– frau menke aus schwalmstadt findet das jetzt übertrieben, und außerdem …

– … die meint, man müsse das gewicht auf diese fragen legen.

– … möchte frau menke aus schwalmstadt noch mal anmerken: sie sei nicht religiös. aber man hätte es doch wissen können.

*

– auch nicht uninteressant: das phänomen der zuseher. die leute wollten sich durch nichts davon abbringen lassen, dabei zu sein. viele sind sogar in die betroffenen gebiete gefahren. es gab einen massentourismus dorthin. so wurden rettungsarbeiten blockiert.

– da kann man hundertmal sagen: fahren sie nicht dort hin, sie blockieren die rettungsarbeiten, es wird darauf nicht reagiert.

– sie stehen da und starren auf das elend.

– das waren angehörige.

– das sind keine angehörigen, das seien schaulustige, sagt the herald tribune aus london.

– ich bitte sie, das sind doch meist leute, die helfen wollen, meldet la libération.

– und la repubblica fordert: die leute sollten zu hause bleiben und ihrer arbeit nachgehen, das helfe der situation am ehesten, wenn diese form des ausnahmezustandes, der ja auch gewaltige volkswirtschaftliche einbußen mit sich bringe, nicht künstlich verlängert werde.

– ja, bekräftigt de volkskrant aus amsterdam.

– und der standard aus wien: einstweilen werde man noch blind vertrauen müssen auf die kräfte der stabilisierung.

*

– herr wurster, sie sind im augenblick schlecht zu verstehen. herr wurster, liegt es an der leitung?

– wir haben im moment ein kleines technisches problem.

– herr wurster, am besten rufen sie in einer minute noch einmal an.

– im moment haben wir ein kleines technisches problem!

– bitte rufen sie derzeit nicht mehr an!

– die verbindung ist im moment problematisch.

– wir haben ein technisches problem, das sich aber bald lösen wird.

– die netze sind überlastet.

– nein, wir hören sie nicht mehr, herr schreiner, wir können sie nicht mehr hören! herr schreiner, so hören sie doch, wir können sie nicht mehr hören, herr schreiner, der kontakt ist – herr schreiner, mit diesem problem wenden sie sich doch bitte an die zuständige behörde! – herr schreiner, sind sie noch dran? herr schreiner?

– ja, es ist verrückt, wie schnell etwas vergangenheit wird.

– letztendlich kann man ja auch gar nicht mehr glauben, dass man selbst dabei gewesen ist.

– oder umgekehrt: dass man nicht dabei gewesen ist.

– manchmal sogar beides gleichzeitig.

– diese dinge entwickeln sich eben auseinander.

– man hat sich gesagt: wir doch nicht, nein, wir doch nicht, wir denken nicht sentimental zurück an die zeiten, als man noch sandsäcke schleppte, und dann tut man es doch.

– aber man hat sich eben ganz auf die gegenwart zu konzentrieren. und die einzigen, die noch daran erinnern, sind die hinterbliebenen.

– ja, am ende steht doch immer irgendwo ein grüppchen angehöriger herum und konserviert erinnerungen, die niemand brauchen kann.

– ja, am ende wieder angehörige, die schon bei jeder operation im weg stehen.

– die jeden einsatz erschweren, die kein expertenteam arbeiten lassen und jeden entschluss einer kommission infrage stellen.

– sie sind es, die alle zugänge erschweren, davon könne sie als ärztin ein lied singen, so die dame aus nürnberg.

– sie sind es, um die man sich letztendlich kümmern muss, das ist doch absurd.

– sie sind es, die ablenken, die immer nur ärger machen. ja, sprechen wir es ruhig aus, wenden wir uns mal den fakten zu: wenn sie nicht permanent im weg herumgestanden wären, dann sähe die sache ganz anders aus. da wären wir doch längst einen schritt weiter, das ist ihnen doch klar.

– am ende steht doch immer ein grüppchen angehöriger herum und jammert – das wird man überall auf diesem planeten finden, immer dieses grüppchen angehöriger, das unzufrieden ist. gut, lassen wir es eine weile zu wort kommen. sollen sie sich aussprechen, aber irgendwann ist schluss, irgendwann verdirbt es einem die laune. schlussendlich werden diese jammertöne genauso zu begraben sein wie alles andere auch.

– schlussendlich kommt man nicht weit damit.

– so weit kommt man ihnen ohnehin entgegen: man ist ja bereit zu sagen, die toten erhielten schon ihren platz, dafür wird gesorgt sein.

– doch neben den toten ist kein platz für das gejammere sogenannter angehöriger.

– richtig.

– man kommt ihnen entgegen, man hat ihnen ihre zeit gelassen, sich zu verabschieden.

– man soll den dingen ihren lauf lassen und nicht künstlich festhalten.

– man muss abstriche machen.

– menschen wie sie trügen nicht unbedingt zur lösung der krise bei, das müsse ein anrufer aus brandenburg einmal sagen dürfen.

– manche vertragen die wahrheit eben nicht.

– ja, sprechen wir es ruhig einmal aus: hätte es sie nicht gegeben, hätten wir eine ganz andere grundsituation gehabt.

– aber wir lassen uns die freude nicht kaputtmachen, die freude, dass es uns noch gibt.

*

das radio werde weiterlaufen, sagt die schwester, ohne zweifel. doch sie glaube kaum, dass in diesem zimmer zu hören sein werde, es sei seltsam, dass man von mir eine ganze weile nichts mehr gehört habe. möglicherweise werde einer versichern, dass man mich noch gut in erinnerung habe, ich tauchte ja immer wieder auf in ihren gesprächen, ich tauchte auf in ihren gedanken, ich sei da vorhanden. die bürgeranwältin werde einen kleinen ritus für mich bereitgestellt haben, einen erinnerungsritus, eine gedächtnishilfe, auch der finanzexperte werde eselsbrücken in meine richtung bauen. er sage dann, er helfe sich immer mit zeitungsartikeln, die moderatorin werde zugeben, dass es ja auch nicht so leicht sei, sich an die einzelheiten zu erinnern, schnell gerate in vergessenheit, wie damals die ganzen zusammenhänge waren. auch der dritte studiogast vom bundesamt für katastrophenschutz werde immer wieder einzelne details lesen, die ihm total entschlüpft sein würden. oder, werde dann der zweite moderator unterbrechen, man treffe jemanden, der einem eine völlig andere version erzähle. ja, die leute würden unterschiedliche versionen erzählen. andererseits, man werde ja auch nicht ständig an mich denken können, nein, das könne man auch wieder nicht, werde die moderatorin schließen, ist sich die schwester sicher.

unklar bleibe, ob sie wirklich sagen würden: schade, dass ich das nicht mehr aktiv erleben könne. und: jemand sei sich sicher, wo ich jetzt auch sei, ich hörte ihnen zu, ich wüsste, dass sie an mich dächten. ich würde das positiv sehen. ich sei da nicht so nachtragend, wie so manch andere, die ewig aufmerksamkeit wollten. ich könne auch einmal zurückstehen. und platz machen für wichtigere themen.

*

– keine sorge, könne auch er nur rufen, aber erstmal würden die menschen fortfahren wollen mit ihrem leben, mit ihren berufen, mit ihrer gesundheit.

– mit der eigenen gesundheit fortfahren, das sei jetzt das ziel eines jeden denkenden menschen. die gesundheit vieler habe sich versammelt und wolle zu ihrem recht kommen.

– ja, wir lassen uns die freude nicht kaputtmachen, die freude, dass es uns noch gibt.

– sie möchte auch einmal gehört werden.

– hören wir sie uns an!

*

a1: köln zwischen kreuz köln-nord und köln-lövenich unfall 4 km stau.

a1: köln richtung dortmund zwischen gevelsberg und westhofener kreuz 2 km stau. nach einem unfall in der baustelle. dort steht ein defekter lkw auf der fahrbahn.

auf der a2 hannover richtung dortmund ist die ausfahrt kamener kreuz zur a1 in richtung bremen wegen bauarbeiten voraussichtlich bis ende des jahres gesperrt. eine umleitung ist eingerichtet.

a2: dortmund richtung oberhausen zwischen kreuz recklinghausen und raststätte resser mark baustelle 3 km stau. dort sind nur zwei fahrstreifen frei.

a3: nürnberg richtung passau zwischen kreuz regensburg und regensburg-burgweinting unfall 5 km stockender verkehr.

vorsicht auf der a7 hannover richtung kassel: zwischen derneburg/salzgitter und dreieck salzgitter befinden sich personen auf der fahrbahn.